ORC HERO
STORY
オーク英雄物語
忖度列伝
5

Ludo & Luka

ルド＆ルカ

母親であるオーガ族の大闘士ルラルラの仇を討つために旅をしている双子の兄妹。兄のルドはバッシュに弟子入りを志願する。

「オレを、あなたの弟子にしてください！」

「例えばですけど、オーガとかは、どうでしょうか？」

Characters

ORC HERO STORY

「バッシュ様を他のオークと同列に扱って見下すなど、サキュバスにおいてあってはならないことですので……！」

ヴィナス

かつて戦場でバッシュに命を救われたサキュバス。恩人であるバッシュを歓迎すべく、サキュバスの国へ立ち寄るよう頼み込む。

Venus

「私は『勝ったら好きにしていい』と言ったんだ。
それは合意じゃないのかな?」

「下賤なオークが、
私の視界に入るんじゃない！」

「無理です。できません」

ORC HERO STORY 5

CONTENTS

第五章　サキュバスの国　復讐の兄妹編

オーク英雄物語5
忖度列伝

理不尽な孫の手

ファンタジア文庫

3342

口絵・本文イラスト　朝凪

忖度（そんたく）：他人の心情を推《お》し量ること、また、推し量って相手に配慮《はいりょ》すること。

（出典：フリー百科事典『ウィキペディア（Wikipedia）』）

ORC HERO STORY

オーク英雄物語

忖度列伝

5

HERO STORY

Succubus country

サキュバスの国

復讐の兄妹編

Episode Revenge siblings

第五章

ORC

1. 大雨

雨が降っていた。

空は稲妻で光り、それに呼応するかのような大粒の雨が大地に叩《たた》きつけられている。

強風が吹き荒れ、並の戦士《ウォーリア》であればまともに立っていられないほどであった。

もっとも、バッシュにとってそれは運動後のシャワーのようなものだったが。

「雨、やまないっすね」

「そうだな」

バッシュがビースト国の首都リカントから出立し、数日が経過していた。

旅の途中に降り始めた雨は、すぐに止《や》むかと思われたが、次第に強くなり、やがて嵐となった。

嵐は止む気配が無く、何日も森を揺らし続けている。

「うーん、とはいえ、流石《さすが》にちょっと見通しが悪いっすね」

ゼルが何度か森の上まで上がり偵察を行ったが、雨で視界が悪く、百メートル先もわからない有様《ありさま》だった。

とはいえゼルは歴戦のフェアリーだ、『たぶん』『だいたい』『なんとなく』のＴＤＮを指標に、目的地の方角を割り出せていた。

完璧だ。

「さ、デーモンの国はこっちっすよ！　ちょっと天気が悪いけど、気張っていくっす！」

「ああ！」

大雨によって川が氾濫し、森の至る所で洪水が起こり、通れるはずの道が濁流で埋め尽くされている。

バッシュは時に腰まで水につかりながら、ゼルの導く方向へと進んでいく。

デーモン。

七種族連合の盟主であり、全種族中最強であったこの種族を、四種族同盟は最も恐れた。

ゆえに和平にあたり、四種族同盟はデーモン国を大陸の端に押し込めることにした。

大陸の北西にある、険しい山と断崖に囲まれた瘦せた土地……戦略的に最も価値の薄い土地をデーモンに与え、閉じ込めたのだ。

ゆえに、デーモンの国に入るには、大きな谷を越えなければならなかった。

アルガーディア渓谷。

そう名付けられたその谷は極めて深く、かつ広い上、底には川が流れている。

川の流れは非常に激しく、バッシュレベルの戦士であっても、橋を使わずに渡るのは困難であろう。

谷に架かる橋はいくつか存在しているが、そこには必ず関所が設置されている。

関所は要塞化されており、四種族同盟の管理の下で運営されていた。

それだけ、デーモンという種族は恐れられているのだ。

「お、あれ、国境じゃないっすか？」

そうこうしていると、前方にうっすらと何かが見え始めた。

それは戦時中に見慣れた石造りの建築物。

ヒューマンの砦《とりで》だ。

「物々しいな」

「このあたりは物騒っすから。国境も頑強に作ってあるんすよ。多分」

ここはデーモン国との国境を隔てる関所である。

要塞と化したその関所は、とてつもなく物々しかった。

各所が耐性塗料によって塗られ、要所に魔法陣が描かれている。

ヒューマンの建築様式、ドワーフの耐性塗料、エルフの魔法陣。

ここはビーストの領地であるが、デーモンの国を見張る場所として、各国が協力しているのだ。無論、そんなことをバッシュとゼルが知る由《よし》もないが。

関所の入り口は、ヒューマンお得意の分厚い鉄扉《てっぴ》によって施錠《せじょう》されている。

これが開くのは、正当な通行証を持った者が現れた時だけだ。

そう、例えば今のバッシュのような。

「不用心っすね。扉が開けっ放しっすよ」

「うむ」

しかし、そんな砦の扉は開放されていた。通行証、関係なかった。

両開きの分厚い扉が、激しい風を受けてギシギシと音を立てて揺れていた。

「……なにかあったな」

バッシュは背中の剣を抜いた。

長年の戦いの勘が、剣呑《けんのん》な気配を感じ取っていた。

「血の匂いはしないっすけど……？」

「人の気配もないな」

「ふーむ、とりあえず偵察してくるっす！」

「頼む」

ゼルがバビュンと音を立てて砦の中へと入っていく。

それに続き、バッシュもまた油断なく砦の中へと入った。

「……なんだ、これは？」

そこに広がっていたのは、不気味な光景だった。

書類の置かれた机に、倒れた椅子。砕けた棚。床にバラバラに落ちたカード。

争った後だ、とバッシュは判断した。

くつろいでいる所を、唐突に何者かに襲撃された時、こういった光景が残ることを、バッシュはよく知っていた。

しかしながら足りないものがある。

死体や血痕だ。争いがあったなら、確実に存在するもの。

誰かが死体や血痕を片付けたにしては、家具やカードの荒れ具合はあまりにも不自然だ。

「……むう」

この光景を作り出したであろう、何者かの気配は無い。

バッシュは傍《はた》から見れば隙だらけに、しかし見る者が見れば油断無く、その空間を歩いていく。

バッシュは不気味な状況が広がる空間を通り抜け、通路の奥、デーモン国への入り口……すなわち砦の出口へとやってきた。

馬車がすれ違える程に広い通路の奥では、入り口と同じように大きな扉が嵐に揺れていた。さらに嵐に揺れる扉の奥を見ると、叩きつけるような雨が、谷に架かった石橋を濡《ぬ》らしている。

石橋もまた、ボロボロに崩れていた。

激しい戦闘があったのは、間違いなかった。

「旦那ー」

と、そこでゼルが戻ってきた。

ゼルはバッシュの周囲をビュンビュンと飛び回りつつ、身振り手振りで状況を教えてくれた。

「砦の中はもぬけの殻っす。何が起こったのかも、ちょっとわかんないっすね。ただ、何者かがここで暴れて、死体を消したのは間違いないっす」

「そうか」

バッシュはふっと肩から力を抜いた。

この場で何が起こったのか、気にならないと言えば嘘《うそ》になる。

だが、おそらくバッシュ達には関係の無いことであった。

「しかし困ったっすね。関所に誰もいないとなると、密入国を疑われかねないっす」

「……どうすればいい？」

「そっすね……」

ゼルは周囲を見渡し、散乱した書類に目をつけた。

「そうだ。ヒューマンってよく紙に命令とか書いてるじゃないっすか。だから旦那が通ったって紙に書いておけばいいんじゃないっすか？」

「なるほど、そうするか」

「じゃ、オレっちが書いときますね。『オーク英雄のバッシュ、ここを通過する』っと」

書き置き。

オークでもフェアリーでも、あまり使われない行為だ。

文字を書けるオークやフェアリーはほとんど存在していない。

だが、ゼルは文字の読み書きが可能だった。

文字の読みだけならまだしも、書くことが可能なフェアリーは数えられるほどしかいない。それも、他種族が判別出来るレベルの文字を、となると片手で数えられるかどうか……。ゆえにゼルはフェアリー本国では『達筆のゼル』という名をほしいままにしていた。

「これで大丈夫っすね……この状況はちょっと心配っすけど」

「ヒューマンの兵と出会うことがあれば、教えておいてやろう」

「そっすね！」

あるいは、これが戦時中であったなら、二人は砦の状態から危機を察知し、本国まで状況を知らせに戻っていただろう。

だが、今は戦争中ではなく、二人には目的があった。

それを思えば、砦がもぬけの殻であることを誰かに伝えることを優先するわけにはいかないのだ。

「では、いくか」

「うぃっす！」

バッシュは剣を背負い直すと、嵐の中へと足を進めた。

暴風で速度をました雨がバッシュの全身に叩きつけられるが、所詮は雨粒、戦争中に受けた水魔法に比べればシャワーのようなものであった。

しかし、雨はバッシュの視界を奪うに十分だった。

「むっ⁉」

違和感を覚えた時にはもう遅い。

雨によってか、あるいは何者かが砦を襲撃した時にできたものか。

石橋には、大きな亀裂が走っていた。

そして、その亀裂はバッシュが足を乗せた瞬間、ビキビキと音を立てて広がり……。

橋が崩れた。

「だ、旦那ー!?」

バッシュはゼルの叫び声を聞きながら、為《な》すすべもなく川へと落ちていくのであった。

■

バッシュは歴戦の戦士《ウォーリア》だ。

あらゆる敵と戦い、あらゆる敵を打倒してきた。

とはいえ、彼も無敵かつ不死身というわけではない。

(これは、まずいな……)

嵐によって増水した川は濁流となり、バッシュの体を激しく回転させ、為すすべもなく何度も岩肌へと叩《たた》きつけていた。

彼は水に弱いのか。

否《いや》、そんな事はない。

オークは森の民であるが、戦争中は水に関連した戦場が数多く存在した。

泳げない戦士など、数えるほどしか存在しない。

だが、踏ん張りのきかない場所で濁流に呑《の》まれているとなれば、さすがのバッシュとて体の自由はきかなかった。

(息が……)

オークはヒューマンの数倍長く息を止めていられる。

中でもバッシュは、数いるオークの中でも、トップクラスで長く息を止めていられる。

それが炎によって酸素が著しく失われた場所であれ、水の中であれ、変わらない。

そうして息をひそめることもまた、オークの戦士にとって重要な資質なのだ。

だが、それでも限界はある。

「がぼっ」

やがて、バッシュの口から空気の塊が漏れ出た。

バッシュの目が見開かれ、こわばったバッシュの体から力が抜ける。

先程まで一瞬でも機会があれば川底を蹴り、少しでも浮上しようとしていたバッシュの体は、剣の重みによって沈み、川底を転がるように流され始めた。

バッシュが水面に浮かぶことは、二度とないだろう。

そう思われたが、

「?」

ふと、バッシュの体の回転が止まった。

薄れた意識の中、バッシュは何かを見た。

水の中でうごめくものがあった。

目をこらそうとも、その輪郭を見ることはできない。水と同化しているのか、あるいは水そのものなのか。ただ、その存在はバッシュを優しく包んでいた。

苦しいはずの息が、ふっと楽になり、姿勢が安定し、川底や岩に叩きつけられることもなくなった。

(精霊……か……？)

川か、あるいは雲か、嵐か。

正確なことはわからないが、それが水に属する精霊であることはわかった。

バッシュは精霊を見るのは初めてであるが、その存在については聞き及んでいた。

彼らは世界の至る所に存在しており、自由で奔放で、時として人々に力を貸すが、時として人々に仇《あだ》をなす。

(何にせよ、感謝せねばなるまい)

バッシュは夢現《ゆめうつつ》の中、水に流されつつ、精霊に感謝した。

精霊はその言葉を受けてか否《いな》か、ぐねぐねとうごめいている。

バッシュは、なぜだかそれが、自分に何かを伝えようとしているように見えた。

精霊は気まぐれな自然そのものだ。意思を持って人を助けることは、基本的に無い。

精霊に愛されている者は別だが、そうした者でも、幼い頃から精霊との交流を繰り返していくものだ。

バッシュは今までそういったことは無かった。

ただ精霊に愛されている者でなくとも、精霊が何かを願うことはある。

そうした願いを蔑《ないがし》ろにする者には、大いなる災いがある。

そんな言い伝えが、オークの国にもあった。

ゆえにバッシュは水の精霊の言葉を聞こうとする。

(何を……?)

わかるわけもない。

精霊の言葉がわかるのは、幼い頃から交流を繰り返してきたものだけだ。

あるいは、これが風の精霊であれば、ゼルあたりが聞いてくれただろう。

かの妖精は、風の精霊とマブダチだと言ってはばからないのだから。

(ぐ……)

バッシュの意識が遠ざかっていく。

目の前の精霊は、何か意志のある動きを見せつつも、依然として理解はできない。
はたしてこれが現実なのか、それとも死ぬ間際《まぎわ》に見ている幻なのか。
それすらわからず、バッシュの意識は深い闇へと落ちていった。

2. プロポーズ

「キュオオオォォン！」

唐突に響き渡った咆哮《ほうこう》で、バッシュは飛び起きた。

近くにあった何かを摑《つか》んで体を起こし、片膝をついて起き上がり、背中の剣を抜き放つ。

「ゲホッ……ガボッ、ガハッ……」

無意識にした咳《せき》と同時に、口の中から大量の水が吐き出される。

バッシュは口元を拭いつつ、周囲の状況を確認する。

今の咆哮の主、バッシュを跳ね起きさせた存在がいるはずだった。

場所は恐らく、崖際だ。

川が増水しているせいでわかりにくいが、元々崖だった所まで水かさが増しており、バッシュは崖際に生えた木々の一本に引っかかっていたのだ。

正面には森が広がっており、目に見える存在は三つ。

こちらに背を向けている、二人の人間。

人間が相対しているのは、一匹の魔獣。

大きさは五メートル程度、鷹《たか》の頭と獅子《しし》の体、巨大な翼を持った魔獣。グリフォンだ。

こいつの咆哮が、バッシュを起こしたのだろう。

水の精霊は、何かをバッシュに伝えようとしていた。

それが何かはわからない。

あるいは、あれは死にかけのバッシュが見た夢なのかもしれない。

伝えたいことなど何もなく、気まぐれにバッシュを助けただけなのかもしれない。

けれどもバッシュは、関連付けて考えた。

あの水の中での出来事には、何か意味がある、と。

直感と、言い換えてもいいだろう。

そして、そうした直感は、幾度となくバッシュを窮地から救ってきた。

バッシュはさらに状況を観察する。

こちらに背を向けている二人の人間。片方は膝をつき、血を流している。もう一人は、それを助けるように、肩を抱いていた。

こうした光景を、バッシュは何度か見たことがある。

二人は、戦い、負けたのだ。グリフォンに。

そして、今まさに止《とど》めを刺されようとしているのだ。

（この二人を、助けろということか……？）

バッシュは瞬時に、そう結論付けた。

でなければ、わざわざこんな所に運んだりはすまい、と。

「グラアアアァァァァァアアオオオォ！」

ウォークライ。

唐突に放たれた咆哮に対し、最も顕著に動いたのはグリフォンだった。

二人の人間に向けて低く構えていた首を持ち上げ、ウォークライの主であるバッシュを視界に捉える。

バッシュを視認して一秒。

バッシュをこの場で最も脅威と受け取ったのか、あるいは自分の獲物を取られると思ったのか、巨大な翼をはためかせて空中に浮かび上がると、一直線にバッシュに向かって突っ込んできた。

きっと若いグリフォンだったのだろう。

老獪《ろうかい》なグリフォンであるなら、バッシュを見た瞬間、脇目も振らずに逃走に掛かるだろうから。

もっとも、どちらにせよバッシュがやる気である以上、結果は変わらない。

バッシュは大上段からの一撃を見舞った。

「……グゲッ」

グリフォンは一撃で真っ二つに両断された。

グリフォンと思えぬぶさいくな断末魔を上げつつ、バッシュの背後に流れる濁流へと落ちていく。

「……」

バッシュはグリフォンが濁流から上がってこないのを確認した後、振り返った。

「……え？」

「な、なにが……」

そこには、呆然《ぼうぜん》とする三人がいた。

満身創痍《そうい》で膝をついているのは、少年だった。

赤黒い肌、額からは角が生えている。

オーガ族の特徴を持っているが、オーガにしては体が小さく、細かった。あるいは、ヒューマンあたりの血が濃く混ざっているのかもしれない。

少年の脇にしゃがむのは、少女だ。

こちらもオーガで、その上まだ幼いのだろう。

額からは角が生えているが、その角はまだ小さく、体も少年より一回り小さかった。

年齢を想像するなら、十歳に届くか否か、といった所だ。

そして、もう一人。

グリフォンの陰に隠れて見えなかった女がいた。

「これは驚きだ。オークが濁流から生えてきた」

その言葉は、内容とは裏腹に、声音に驚きは込められていない、淡々とした口調だった。

しかしながら、鈴を転がすような美声で、バッシュの心を震わせた。

（……なんと美しい声だ）

見れば、恐らくはヒューマンと思《おぼ》しき一人の女が、剣を持って立っていた。

（……なんと美しい体だ‼）

そして特筆すべきは、その体つきだろう。

スラリとしたシルエット。

だが、尻と胸のラインは、今まで見てきた誰よりも美しかった。

小さすぎず、大きすぎず、描かれた曲線は自然の偉大さを伝えてくるようで、思わず抱きつきたくなるようなプロポーションだ。

性的な意味でも魅力的なのだが、それだけではない。

（しかも強い……）

あの筋肉の付き方は、彼女が非常に優秀な戦士《ウォーリア》であると察せられた。

美しい筋肉だ。付きすぎているというわけでもなく、芯まで鍛え上げられているのがわかった。黄金のような筋肉だ。

ヒューマンの王子ナザールや、勇者レトと比べても遜色無い。

あるいは、バッシュと互角かそれ以上に素晴らしい肉体。

彼女から生まれてくる子供は、間違いなく強い子供だろう。

オークたちが女騎士を強く求めるのは、強い女が強い子供を産むことを知っているからだ。強い女に強く惹《ひ》かれるのは本能なのだ。

あとは顔さえよければいい。

が、目の前の女の顔はというと、隠されていた。

白い布が巻きつけられ、目元以外が隠されていた。これでは、この最高の体つきの女が、どんな顔をしているのかわからない。

でも、それはバッシュにとって、大した意味は持たなかったのだろう。

「美しいな……」

気づけば、バッシュの口から自然とそんな言葉が漏れていた。

あるいは、ここ最近の女にアタックしてきた経験が、彼にそうしたお世辞めいた言葉を言わせたのかもしれない。

訓練の賜物《たまもの》である。

「美しい……？」

女はキョロキョロと周りを見回すと、もしかして、と言わんばかりに自分を指差した。

バッシュはこくりとうなずいた。

お前以外に女はいない。オーガ族の少女はいるが、女というにはまだ幼い。

「ははは、オーク。顔も見ないでなぜ美しいとわかるんだい？」

女は笑うが、やはり淡々としていた。

面白くもない冗談だと言わんばかりに。

「顔など見ずとも、わかろうものだ」

「おっと、これはなんとも軟派なオークだ」

女は、今度はクスリと笑い、そして、自分の顔の布に手を掛けた。

「……布の下に、こんな醜い顔が隠れていても？」

「むっ……」

仮面の下から現れたのは、醜い痕の残る顔だった。

顔の半分は火傷《やけど》か何かで爛《ただ》れ、さらにその上から大きな刀傷がついていた。

無事なのは左目の付近だけであった。

事実、その顔を見て、オーガ族の少年たちは「うっ」とうめき声を上げて慄《おのの》いた。

それほど、酷《ひど》い傷であった。

「関係ない、傷は戦士の誇りだ」

そう言えたのは、ここ最近の軟派な旅のおかげだったかもしれない。

旅に出たばかりの彼であれば、その火傷で爛れた顔であれば、顔をしかめていただろう。

やはり嫁探しにおいて、顔は重要なファクターであるからだ。

だが、バッシュはこの旅で、様々な美女を見てきた。

ヒューマンのジュディスに始まり、エルフのサンダーソニア、ドワーフのプリメラ、ビーストのシルヴィアーナ……。

どれも顔に傷もなく、肌の美しい者たちばかりであった。

だが、しかし彼女ら以外の美女たちが全てそうだったかと言えば、そんなことは無い。

例えばシワナシの森で目を付けたエルフ達は、顔に大きな傷が残っていた。

しかし、その傷で美しさが損なわれることはなく、バッシュは迷いなくプロポーズを行おうとしたものだ。

そう、美しさに傷は関係ないのだ。

「そうか……この顔を見てもそう言ってくれるのは、嬉《うれ》しいな」

女は淡々とした口調であったが、口元を緩めていた。

「ともあれ、美しい女を目の前にしたオークの行動は一つか。私を打ちのめし、無理やり犯そうというのだろう？　やれやれ、濁流から生えてきたばかりだというのに、お盛んなことだ」

「……いや、合意なき性交は、オークキングの名の下に禁止されている」

「おや、であれば、なぜウォークライを？」

バッシュは、ちらりとオーガたちを見た。

それを見て、女は得心がいったようにうなずいた。

「ああ、そういう……オークでも人助けとかするんだな。となると、さっきのは私の態度を軟化させるためのおべっかか……はは、オークにお世辞を言われる日がくるとは……流石《さすが》にむかつくな。殺すぞ」

「お前を美しいと言ったのは、本気だ」

「……よくわからないな？　お前、いきなり現れて意味不明なことを言っているぞ？　つまり、何をどうしたいんだ？」

女は首をかしげた。

しかし、バッシュとしては特に矛盾しているつもりは無かった。

だから正直に答える。

「お前を妻にしたいと思っている」

「ハッハハッハッハ！」

女は声を上げて笑った。

それは淡々としたものではなく、せき止められたものが溢《あふ》れたかのようだった。

「いや失礼。唐突なプロポーズで笑ってしまったが、馬鹿にしたわけではない。私はこんな顔になった時、誰かの妻になることは金輪際無いなと諦めたんだ。実際、それから誰かに言い寄られたことも無かったしね。だから、初めてなんだ。こんな顔になってから、そんな真剣な顔で言い寄られたのは」

「……」

「しかも、私はそれをまんざらでもないと思ってしまっている。そんな自分が面白かったんだ」

それは、今までにない好印象だった。

ある意味、プロポーズが受け入れられたとも取れる返答だったからだ。

「ならば……」

「だがなオーク、人助けとプロポーズは両立できんぞ。特にこの状況ではな」

女はそう言って、視線を横に外した。

彼女の見る先にいたのは、二人のオーガ族。

不安そうな顔でバッシュを見ていた。

「……」

「まぁ、お前はオークだ。彼らを助けるついでに私を打ちのめし、好きなように犯せばいいだろう」

「先程も言ったが、合意なき性交はオークキングの名の下に――」

「うん。君はオークキングの決めた掟《おきて》を忠実に守る、育ちの良《い》いオークのようだ。オークの顔の区別はつかないが、よく見れば顔もハンサムに見える。いや、これは好意を向けられたからそう感じるだけかな？　それはさておき、オーク、真面目なのは結構だが、杓《しゃく》子定規《しじょうぎ》にすぎるのは良くない。私は『勝ったら好きにしていい』と言ったんだ。それは合意じゃないのかな？」

難しい質問だった。

ここにゼルがいれば、すぐにでも相談したことだろう。

そしてゼルは、その質問に明確な答えをくれたはずだ。

「そういうわけだ、さぁ、かかってきたまえ」

女は掌《てのひら》を上にむけ、ちょいちょいとバッシュに手招きをした。

「……なぜ、俺を挑発する？」

「なぜって、私の愛騎のグリフォンを殺されたんだ。このあと歩いて帰らなきゃいけない。その腹いせに、君も斬ってやりたいと思うのは当然だろう？　でもまぁ私も面倒くさい性格でね、せっかく今の私を美しいと言ってくれた相手に、乗り気で剣を振るうことができないんだ。君の方から来てくれたら、仕方ないなと剣を振るえる」

「……そういうものなのか」

「ああ、そういうものさ。あ、グリフォンのことは、あまり気にしなくていいよ。愛着はあったけど、思い入れはない。短い付き合いだったしね。敵討ちだのなんだのと、真面目にかまえてくれなくていい」

バッシュはというと、混乱していた。

女の言葉の意味や、話の流れがわからない。

自分は一体なにをしたかったのかといわれても、そもそも、まだ状況が飲み込めていないのだ。

「さて、どうするんだ？　オーク、君さえよければ、私はこのまま立ち去ろうと思う。そこの二人は、面倒だから殺そうと思っていたのだけど、君が立ちふさがるのであれば、仕方ないと諦めよう。私を美しいと言ってくれた君が立ちふさがるのだからね、いや本当に仕方がない」

最後に、女はバッシュに選択を迫った。

「……ぬぅ」

バッシュは混乱しつつ考える。

選択肢は二つだ。

女へのプロポーズを続行し、女を妻とする。

プロポーズを諦め、水の精霊の願い（多分）を聞き入れて、少年と少女を助ける。

（わからん！）

あるいは、この場に誰か、例えばかの『豚殺し』のヒューストンでもいれば、惑わされるなと言ったかもしれない。

両立する方法はあるはずだし、女のいう「自分を倒せばヤっていい」というのは合意だ、双子を助け、女を倒し、両方を手に入れろ。あなたならそれができるはずだ、と。

事情を知っていればの話だが。

しかしこの場にはバッシュしかおらず、女の話術で選択肢が狭められたバッシュには、考えつかない。

二者択一だ。

本来であれば、バッシュは前者を選択しただろう。

女はまんざらでもないと自分で言っていた。

この場にゼルの支援は無いが、それでも言葉を尽くせば妻となってくれるかもしれない。

今までに何度もチャンスはあったが、その中でも最大級のものだと言えよう。

なにせ、プロポーズを受け入れてもらえたのだから。

そもそも、バッシュの旅の目的は妻を手に入れることだ。

その目的が達成できるなら、見ず知らずのオーガの子供の命など、安いものである。

しかし、つい先程、水の精霊に命を救われたのも事実だ。

水の精霊は何かしらの願いを、バッシュに伝えようとしていた。

バッシュに何かをさせたいのだ。それはただの勘にすぎないが、恐らく間違いない。

でなければ、水の精霊がバッシュを助ける理由は無いのだから。

バッシュにふさわしい妻《めと》を娶らせるために、こんな所に運んでくれたのだと考えられるほど、今までの人生でバッシュは精霊に愛されてはこなかった。

となれば、やはり二人の命を救うことが、精霊の願いなのだろう。

精霊の願いを蔑《ないがし》ろにすれば、大きな災いが起こる……。

となれば、

「俺は、この二人を助ける」

「そうか、なら私はこの場を去らせてもらおう。これでも忙しい身でね、やることがあるんだ」

「ああ」

「ではさらばだ。そっちの二人も、これに懲りたら故郷に帰るんだね」

女はそう言うと、土砂降りの中を走り出した。

ぬかるみに足を取られることなく、一瞬で森の奥へと消えていく。

かなりの足腰だ。やはりバッシュの最初の見立て通り、相応の戦士《ウォーリア》だということだろう。

「あ、まっ……」

そんな女の背中に、少年が手を伸ばしかけ、しかし力なくその手は落ちた。

大雨で作られた水たまりにびちゃりと落ちた手は、悔しそうに握られる。

そんな少年は、ややあって顔を上げ、バッシュを見た。

「あの、助けていただき、ありがとうございました……」

少年の言葉に、バッシュは頷《うなず》く。

しかし、余計なお世話だったのかもしれない、とも思った。

なぜなら、少年はうつむきながらも、震えていたからだ。

隣にしゃがみ込む少女も、若干ながら嫌悪《けんお》感の混じった表情でバッシュを見ていた。

オーガはオークと同じく、戦士として生きる者が多い種族だ。

時に、はぐれオークたちのように戦いを求め、あるいは戦いに死に場を求めることも、珍しくはない。

それを邪魔した形になったのかもしれない。

しかし次の瞬間、少年は勢いよく立ち上がり、言った。

「先程の太刀筋、感服いたしました！　オレを、あなたの弟子にしてください！」

唐突な言葉は、雨音にかき消され、響くことは無かった。

だが、確かにバッシュの耳に届いていた。

3．初めての弟子

叩《たた》きつけるような土砂降りが続いている。

バッシュとオーガの兄妹《きょうだい》は、こんな土砂降りの中で立ち話はなんだからと、ひとまず近くにあった洞窟に腰を落ち着けた。

現在、三人は焚《た》き火を間に向かい合っていた。

「改めてお礼を言わせてください。さっきは助かりました。オレはオーガ族の大闘士ルラルラの息子ルド。こっちは妹のルカです」

オーガ族の大闘士ルラルラの息子ルド。

オーガ族の大闘士ルラルラの娘ルカ。

双子の兄妹は、そう名乗った。

「バッシュだ」

そう言った瞬間、バッシュを訝《いぶか》しげに見ていた妹の方がバッと顔を上げた。

「バッシュ⁉　まさか戦後『オーク英雄』となられた、あのバッシュ様ですか⁉」

「ああ」

「あなたのご活躍は、オーガにも語り継がれております！　お会いできて光栄です！」

その態度に、ルドの方が振り返る。

「え、この人、有名なのか？」

「兄さんは物事を知らなすぎます。オーク英雄のバッシュ様と言えば、お母さん達に並ぶ大英雄ですよ！　バッシュ様がいなければ、負けていた戦も数多くあるんです！」

ルカの目は、バッシュを見てキラキラと輝いていた。

まるで子供が、おとぎ話に出てくる英雄を見るような目だった。

バッシュからすると、慣れた視線である。

「本当に本物なんですか？」

「ああ」

「本物だって、オークキング様に誓えますか？」

「オーク王ネメシスに誓おう」

「本物だ！」

本来なら、オークキングネメシスへの誓いは、こんな簡単にしていいものではない。

だが、相手は子供だ。

子供相手に多少の嘘《うそ》を吐《つ》くことは、オークでも普通のことである。

もちろん、バッシュがバッシュであることも、オーク王ネメシスに誓える戦士であることも、嘘ではないが。

「それにしても、ルラルラ殿の息子と娘か……」

「はい！」

「ルラルラ殿は息災か？」

大闘士ルラルラ。

その二つ名は多岐に亘《わた》るが、有名なのは『凍眼』。

『凍眼』のルラルラ。

有名な女戦士である。

彼女は三つの瞳を持つオーガであった。

もっとも、三眼《みつめ》のオーガはそれほど珍しい存在ではない。

だが、彼女の三つ目は、生まれつき青く輝いていた。

その眼からは氷槍《ひょうそう》が生じ、あらゆる敵を串刺しにした。

無論、大闘士と呼ばれるほどの戦士であるから、それだけが彼女の強さではない。

バッシュも戦場で何度か見かけたが、両手に金棒を持ち、暴れまわっていた。

オーガらしい凄《すさ》まじい膂力《りょりょく》と俊敏性で、一振りで数人のヒューマン兵が肉塊へと変えられていったのを憶《おぼ》えている。

戦時中は、次期族長候補の一人とも言われていた。

族長になれなかったとしても、オーガ族の重鎮の座に納まることは間違いない人物であった。

ついでに言えば、かなり美しい風貌をしていた。

バッシュ好みである。故人でも既婚者でもなければ、あるいはアタックを掛けていたかもしれない。

もっとも、オーガ族は同盟においてオークの上位に位置していた。

オーガ族の女にとって、下位に属する相手に孕《はら》まされるのは最大の屈辱とされている。

いくらバッシュが『オーク英雄』と言えど、相手にされることは無いだろう。

もちろん、バッシュは妹の方に手を出すつもりはなかった。

あるいはあと十年……せめて五年後であれば、美しいオーガ族の女に成長するだろうが、現段階ではバッシュの好みではない。

オークは子供を産めない年齢の女を、女と見なさないのだ。

「いえ、死にました」

そう応えたのはルドの方だ。

「……そうか。病気か？」

「戦いで」

「あれほどの戦士が……」

バッシュは唸《うな》る。

彼の記憶の中でも、彼女は特に強い戦士だった。記憶に強烈に残るほどの。

「仕方あるまい。戦争の末期は、誰が死んでもおかしくなかった」

しかし、バッシュはそれ以上の戦士を何人か知っていた。

例えば、エルフの大魔導サンダーソニアや勇者レトであれば、かのルラルラをも打倒しうるだろう。

あるいはそうでなくとも、戦争末期は物量で負けていた。

一対一ではルラルラに及ばない兵であっても、千人、万人と集まれば、打倒しうるだろう。

「違います。母さんは戦後に殺されました」

「……決闘か？」

オーガはオークと似て好戦的な種族だ。

しかも酒浸りで女好きなオークと違いストイックで、強さに貪欲だ。

酒を飲んだり交尾に勤《いそ》しむ暇があれば鍛錬を行い、その鍛錬の成果を確かめるように決闘が行われ、毎日のように誰かが死ぬと、バッシュはどこかで聞いたことがあった。

「いいえ、卑劣な手で闇討ちされました」

「……なに？　どのような手で殺されたというのだ？」

「いえ、実際にどう戦ったのかはわかりませんけど……でも、あの強かった母さんが真正面から戦って負けたとは思えません。死体も放置されていました。闇討ちされたに決まっています。だからオレたちは、母さんの仇《かたき》を討つための旅に出たんです」

現在、世界は全体的に平和でいようと努めている。

この平和な世の中、『敵討ち』というものはあまり推奨されていない。

戦争のことは過去のこと。そこに遺恨があったとしても、今はひとまず水に流そう、というのが各国のトップの決定だ。

だが、オークキングの決定に従えずはぐれとなったオークがいるように、誰もがその風潮を良しとしているわけではない。

戦争中に死んだ親の仇を取ろうと、大陸中を旅する者もいるのだ。

もっとも、バッシュはそんなことは知らないが。

「もしや、さっきの女か？」

「……はい」

バッシュは先程の女を思い出す。

顔に名誉の負傷を残す、最高の体をした女剣士。

名前を聞くことすらできなかったが……少なくとも、いずれ名のある猛者《もさ》であることに違いあるまい。

戦わずとも、一目みただけでそうと分かるほどの物腰だった。

「また挑むのか？」

「はい」

「……お前では勝てんぞ」

対する目の前の少年はというと、貧弱の一言だ。

鍛えてはいるのだろうが、あの女剣士と戦うには、はるかに力量が足りない。

あの女剣士がその気になれば、一瞬で首を落とされているだろう。

「っ……わかっています！」

ルドは下唇を噛《か》み悔しそうに、でもバッシュを見上げ、はっきりと言った。

「でも挑みますし、次は勝ちます」

「そうか」

バッシュは、特に止めようとは思わなかった。

時に戦士《ウォーリア》には、勝てない相手に挑み、勝たなければいけないこともある。

負ければ死ぬ。それだけのことだ。

「……」

ルドはそこで、バッと剣を抜き、バッシュの前に置いた。

バッシュは微動だにしない。

もし斬りかかられたのであれば、反撃をしていただろうが、その気配は無かった。

「だから！　もう一度お願いします！　『オーク英雄』たるあなたに、このようなお願いをすることは失礼だと承知の上で！　今一度お願い申し上げます！　オレを弟子にしてください！」

もしこの場がオークの国の酒場だったら、騒然となったはずだ。

まず、その場にいる全員が立ち上がって少年を恫喝《どうかつ》しただろう。

いったい誰に向かって言ってんだ！

失礼だぞ！

順番を守れ。バッシュさんの弟子になるのは俺が先だ。

いや俺だ。俺の方が先だ。

――と、そこから先は殴り合いの喧嘩《けんか》だ。

全てが済んだ後に残されるのは、破壊された酒場と、死屍累々《ししるいるい》のオークたち、立っているのはバッシュだけだったろう。

「むぅ……」

昨日までのバッシュであったなら、即座に断ったことだろう。

若手の戦士を育てるのはベテランの義務だが、今のバッシュは別の目的があって旅をしている身の上だ。

この少年を育てている暇はない。

「兄さん、失礼ですよ。バッシュ様にそんな……」

「ルカだってさっきの見ただろ。この人に剣を学べば、絶対あいつにも勝てるようになるって……」

しかし、目の前の双子について、一つ気になることがあった。

（……水の精霊の願いもある）

水の精霊は何かを伝えようとしていた。

その願いは、きっとこの双子を助けることだろうというのが、バッシュの推測だ。

そして、その願いは先程叶《かな》えた。

だが、それだけでわざわざ精霊が縁もゆかりもないオークに願いを託すだろうか。

本来、精霊というものは縁のない者に対しては、絶対と言ってよいほどに姿を現さないのだ。

となればもう少し、何かしなければいけない気がする。

精霊はバッシュに、この双子をどうしてほしいのか。

もしここにゼルがいれば、精霊の意図を説明してくれるのに……。

（……）

精霊というのは気難しく気まぐれな存在だ。

怒らせたら、風の精霊と親しいフェアリーですらブルっちまうぐらい怖い。

逸話はいくつも聞いた。

火の精霊を怒らせたドワーフの町が、火山の噴火によって滅んだこともあるという。

水の精霊を怒らせたヒューマンの町が、凄まじい嵐によって洗い流されたこともあるという。

土の精霊を怒らせたリザードマンの町が、地割れで飲み込まれたこともあるという。

風の精霊を怒らせたとあるフェアリーは、唐突に発生した竜巻に連れ去られ、一晩空中で土下座し続けて、ようやく許してもらったことがあるという。

精霊は怒らせてはならない。

それはこの大陸に住む者だれもが持っている共通認識だ。

例えばバッシュが「助けたからもういいだろう」とこの場から去ったとしよう。

もしそれが精霊の願いと違っていたら、精霊は怒り出すかもしれない。

（まてよ……いや、もしやそういうことか？）

ふと、バッシュは『凍眼』のルラルラのことを思い出した。

思えば彼女は、精霊に愛されていた。

さほど魔法に適性の無いオーガでありながら、氷の魔法をバシバシと打ち出していたのが、その証拠だ。

ならば水の精霊が双子に好意的であり、復讐《ふくしゅう》に力を貸そうとしているのだとしても、おかしくはない。

精霊が敵討ちに加担するなど聞いたこともないから、あるいは、この二人のどちらかが水の精霊に愛されているのかもしれないが。

ともあれ、双子の復讐を成功させることが、精霊の願いの可能性がある。

バッシュは少ない情報から、そう判断した。

「いいだろう。ただし、あの女との再戦までの間だけだ。俺には俺の目的がある」

どこまで助ければいいのかわからない。

だが、今後のことを考えれば、精霊の頼みを聞かないわけにはいかなかった。

「ありがとうございます！」

ルドはバッと頭を下げた。

ここがオークの国であれば、他のオークたちから歓声があがっていたことだろう。

自分が選ばれなかったのは悔しいが、バッシュに弟子と認められたのであれば、それは祝うべきことだからだ。

胴上げが起こっていてもおかしくはない。

「それで、バッシュさん……いえ、師匠の目的というのは？」

「あるものを探している」

「何を？」

「それは言えん」

「そうですか。わかりました」

ルドは興味が無いのか、それ以上は追及してこなかった。

バッシュとしてはありがたい話である。

根掘り葉掘り追及されても説明に困る所だ。

「とにかく助かります。短い間ですが、これからよろしくおねがいします」

「ああ、やつに勝てるかはわからんが、なんとかお前を鍛えてやろう」

「はい、頼みます！」

こうして、ルドはバッシュの弟子となった。

事実上の一番弟子。

それはオークの国の若者たちが夢を語る時、鼻の下をこすりつつ、言いよどみ、ちょっと恥ずかしそうに口にするものであった。

それぐらい、価値のある立場である。

ルドは大いに喜び、それを尻目に、ルカは難しい顔をしていた。

それに気付く者は、いなかったが。

■

雨はやまない。

凄《すさ》まじい暴風が吹き荒れる中、洞窟からすぐ出た場所で、バッシュはルドと相対していた。

酷《ひど》い雨だが、戦場でこれぐらいの雨が降ることは日常茶飯事だ。

バッシュが気にすることは無かった。
ルドは、吹き飛ばされそうになりながらも、必死に立っていたが。
ルドの得物は剣だ。
『凍眼』のルラルラに習ったのか、両手に二本。
構える姿も、なかなか堂に入っていた。
「いつでも来い！」
雨音にかき消されぬよう大きな声で言ったバッシュに、ルドはうなずいた。
「うおおおおお！」
ルドの雄叫《おたけ》びと共に放たれた渾身《こんしん》の一撃。
バッシュはそれを大剣で受けた。
（……これはっ！）
その重さ、その鋭さに、バッシュは目を見開いた。
『凍眼』のルラルラの子であり、そのルラルラを殺した仇《かたき》を討とうとする者。
闇討ちとはいえルラルラを殺したのであれば、相当な使い手だ。
バッシュの見立てでも、先程の女剣士は相当な腕前だった。
ルドはそんな相手に「次は勝てる」と断言した。いやしてないが、それと似たようなことは言った。

であれば、見た目と違い、相当な重さの一撃が襲いくるだろうと、バッシュは腰を大きく落とし、衝撃に備えていた。

だが、

「おっと、流石《さすが》ですね師匠！　このオレの渾身の一撃をここまで押し返すとは！」

バッシュは押し返してなどいない。

（………）

そのあまりにも軽い剣に、前につんのめりかけただけだ。

そして、そんな些細《ささい》な動作で、ルドは弾《はじ》き返されていた。

「どんどん行きますよ！」

その言葉に、バッシュは再度身構えた。

ルドのスピードが若干上がったように思えたからだ。

恐らく次に来るのは連撃。

そう、ルラルラはその膂力《りょりょく》も凄まじかったが、その速度もまた素晴らしかった。

二本の金棒から繰り出される連撃は、かのエルフの大剣豪『即断即血』のダンデライオンをも圧倒した。

ゆえに、ルドも膂力ではなくスピードで勝負するタイプなのかと思い直した。

速度に優れる戦士《ウォーリア》は多い。

だがバッシュは、そうした戦士に後れを取ったことはあまり無い。

バッシュは力に優れた戦士だと思われがちだが、速度もまた水準以上だ。

英雄と呼ばれる者が、ただ力に優れているわけではないのだ。

『オーク英雄』と戦い、生き残った者は、彼の剣を思い出し、こう言うだろう。

『あいつの剣か？　うっ、思い出しただけで震えがきた……とにかくヤバイぞ。そうだな。例えば私はお前が剣を一振りする間、魔法を三発撃てるだろ？　これ、自分で言うのもなんだが、結構速い方なんだ。この速度で魔法を撃てるのは記憶にある中でもせいぜい三人かそこらだ……バッシュは、あいつは私が三度魔法を撃つ間に三度剣を振ってくる。それぐらい速い。もちろんナザールとかはもっと速いけどな。でもな、バッシュのはその上、重いんだ。一撃でも喰《く》らえば魔法障壁は粉々に砕かれ、棍棒《こんぼう》でぶん殴られたような衝撃が襲ってくる。私の障壁をだぞ？　このエルフの大魔導サンダーソニアの障壁を粉々に――』

長くなりそうなので途中で切るが、そんな感じで言うだろう。ろくろを回す手付きで。

（三度、殺せたな……）

バッシュはルドの剣を難なく受けとめつつ、そんな感想を抱いた。

バッシュはあまり他人を評さない。

自分より下の者をいちいち格付けするなど、無意味だったからだ。

だが目の前に対峙《たいじ》した敵を見て、強いか弱いか、倒せるか否《いな》かを判断することはある。

その経験から、ルドを格付けするのであれば……。

(力にしろ、速度にしろ並以下か……弱いな、あまりにも……)

バッシュは困ったように、視線を巡らせた。

その先には洞窟があった。洞窟の入り口には、一人の少女が立っている。

ルドの妹、ルカと言ったか。

彼女は、困ったような顔でルドの方を見ていたが、バッシュの視線を受けると、その表情を悲しそうなものへと変え、申し訳なさそうな視線を返してきた。

きっと彼女はわかっているのだろう。

ルドが今から多少鍛えられた所で、あの女に勝てる未来など無い、と。

(……)

これを短期間で鍛える。それも、あの『凍眼』のルラルラを、闇討ちとはいえ殺した相手を打倒できる域まで……。

その難しさに、バッシュは強いめまいを覚えた。

ヒューマンの騎士『巨殺卿《きょさつきょう》のアシス』に思いっきり頭をぶん殴られた時ですら、ここまでではなかった。

（どうする？）

三十分後。

バッシュは、目の前で息も絶え絶えになり、仰向けになってぜーはー言っているルドを前に、難しい顔をしていた。

弟子と言われたが、ここまで弱い者に何を教えていいのかわからなかった。

オークは幼少期を除いて訓練などしない。

彼らには生まれつき戦う本能があり、何かを教わらなくても、自然と戦士として育っていく。

そうでなければ死ぬだけだから、おのずと淘汰《とうた》されるというのもあるが……。

ともあれ、そんなオーク達にも、向上心というものがあった。

バッシュは人に剣を教えたことなど無い。

ベテランには後進を育てる義務があるものの、弟子にしてくれと言われたことも無い。

若者たちはほぼ全員がバッシュの弟子になりたいと思っていたが、口に出して言える輩《やから》は一人もいなかったから、無い。

が、オーク国において、『喧嘩《けんか》』を請《こ》われたことは何度かある。

特にキングの息子たちにだ。

彼らはキラキラした目でバッシュに『すんません！　自分と喧嘩してもらってもいいっすか!?』と頼み、バッシュが了承すると『やったぁ！』と嬉《うれ》しそうに喜んだものだ。

その後、当然彼らはバッシュにボコボコにされるが、それは最初からわかっていたようで『どうでしたか、俺の剣の腕は！』と期待を込めて聞いてくる。

バッシュは勝った側だから、手放しで褒めることなどせず、悪い点を指摘する。

「お前は踏み込みが甘い。臆病者でないのなら、片足なんぞくれてやるつもりで踏み込むんだな」などと。

キングの息子たちは「ちょ、無理っすよ。バッシュさんの剣を足にくらったら、片足どころか下半身なくなっちゃいますって。繁殖場いけなくなっちゃう」などと嬉しそうに笑っていたものだが……次からは必ず言われた通りに動く。

ゆえにそれが、オークの国の『教育』であると言えるだろう。

ルドの剣技がもう少し上であれば、バッシュとて何かしらのアドバイスを行えた。

前に出過ぎているのか、あるいは下がりすぎているのか。

手癖で剣を振っているのか、相手の動きをきちんと見ていないのか。

変な癖がついているのか、基本に忠実すぎて読みやすいのか……。

そういったことは、戦えばわかることだ。

だが、正直ルドに関しては、難しかった。

全てが悪いとしか言いようが無い。

戦闘において、バッシュが剣を振った時、四〜五人の敵がまとめて死ぬのはよくあることだ。

だが稀《まれ》に、まとめて死んだ死体に押しつぶされて死ぬようなマヌケもいる。

ルドはそのマヌケの類だ。

思えば、キングの息子たちは、その誰もが戦士として一流だった。

まだ若い者ばかりだが、当然だろう。終戦間際《まぎわ》の激戦を生き残ったのだから。

（うーむ……）

バッシュは無い知恵を絞り、考える。

この目の前でへたり込んでいるルドに、何を教えるべきか。

ここまで弱っちいオーガを見たことが無い。どうしたらいいのか。

戦場で年若いオークは、オーガは、戦士たちは、何をしていたか……。

少なくとも言えるのは、こうして疲れてへたり込んでいる者は、例外なく死んだということだ。

戦場では、移動ができなくなった者から死んでいく。

前に出ることも、逃げることも出来ないということは、標的にしかならないということだ。

なら、少なくともそれは、避けられなければならない。

「立て」

「はぁ……はぁ……いえ、もう立てませ……………ぐはっ！」

バッシュはルドを蹴り飛ばした。

戦場でもう立てないと言った者は、こうしてやると立てるようになることが多かった。

少なくとも、オークはそうだ。

そして、どうやらオーガもそうであるらしく、ルドは目を見開きつつ、立ち上がった。

「走れ」

「はぁ……はぁ……走れって、どこに？　だいたい、もう日が落ちて暗く…………おうぐっ！」

バッシュはルドを蹴り飛ばした。

戦場でもう走れないと言った者は、こうしてやると走れるようになることが多かった。

思い返せば、それはオークに限らず、あらゆる種族に共通していた。

蹴るか、あるいは剣で斬りつけてもいいが、攻撃を加えると、誰もが必死に走ったものだった。

ルドは蹴り飛ばされ、剣を取り落とし、四つん這《ば》いになり、泥にまみれながらバッシュを見上げた。

なんで？　と言わんばかりの表情に、バッシュは思ったことを口にする。

「親の仇《かたき》も、そんな顔で見上げるつもりか？」

バッシュがそう言うと、ルドは唇を噛《か》みつつものろのろと立ち上がり、ぺたぺたと走り出した。

土砂降りの雨の中、まるでバッシュから逃げるように。

その顔からは、訓練を始める前にあった余裕は、完全に消え失《う》せていた。

バッシュはそれを追いかけた。

意図的に殺気を撒《ま》き散《ち》らし、追いついたら殺すつもりで。

ただし追いつかないようにゆっくりと。

普段なら追いつけない獲物を狩る時、相手を疲れさせるためにやる技だった。

「……」

バッシュは、人が死の間際にこそ最大の力を発揮することを知っている。

己自身もそうだったし、バッシュに倒された猛者《もさ》たちもそうだった。

さらに言えば、バッシュはそうした死にものぐるいの戦いを繰り返すことで強くなったものだ。

限界ギリギリの力を出すことは、戦士をより上位の存在へと押し上げるのだ。

「はぁ……あぁ……ぐえ……はぁ……」

ルドはよく走った。

これだけ走れるなら、先程へたりこんでいたのはなんだったんだろうと思えるほどに。

雨の中、ぬかるんだ地面に足を取られ、何度も転びつつ、しかし必死で走った。

バッシュが怖かったのか、それとも本当に心の底から仇を討ちたいと願っているのか、傍目《はため》にはわからなかった。

あるいは、ルド本人ですら、わかっていなかったかもしれない。

ルドの走りは、バッシュが蹴っても起き上がらなくなるまで続いた。

■

雨はやまなかった。

だが、バッシュたちは翌日から移動を開始した。

ルドが、出発しようと口にしたからだ。

このままだと、まだ近くにいるはずの仇に逃げられてしまうから、と。

妹のルカはやや否定的な表情をしていたが、それを口にすることは無かった。

バッシュとしては、ルドが使い物になるまであの洞窟に籠もって修行をしていたい気持ちもあった。とはいえ、早く彼らの復讐《ふくしゅう》を終わらせ、デーモンの国に行きたいという気持ちも強く持っていた。

いつだって、時間には限りがあるのだ。

移動しながらも修行は行われた。

ルドがバッシュに向かって剣を打ち込み、時にバッシュが打ち込むのを防御させ、限界を感じたら倒れるまで走らされる。

それだけの、修行というにはあまりにも泥臭いものだった。

ルドは少々不満そうだったが、しかし今の所は従っていた。

バッシュは、日に日にルドの立ち上がる速度と逃げる距離が上がっていくのを見て、確実な成長を感じていた。

ルカは、そんな二人をじっと見ているだけだった。
一言も発さず、ただじっと。
少し、悲しそうな顔で。

4. サキュバスの国

二日ほど経過した。

雨はやまない。

時折、弱まるような気配を見せるものの、日中のほとんどは叩《たた》きつけるような土砂降りが続いている。

バッシュと二人は、そんな雨の中を少しずつ進んでいた。

とはいえ、実際にきちんと望む方向に動けているかは不明だ。

方向はルカが指示した。

呪術師である彼女は、魔法で復讐の対象の方角がわかる。

だが、どうにも細かい場所はわからないらしく、同じ場所をウロウロと回っている感覚すらあった。

ルドの訓練の方も、さしてうまくいっている感触は無い。

もっとも、それも当然のことだ。たった二日で唐突に強くなれるのなら、誰も戦死はしないだろう。

ルドは頑張っている。

毎日、バッシュに打ち掛かって追い払われ、走らされるだけ。修行と言えるほどの何かではない。

彼にとっては、己の無力を突きつけられる毎日だ。

屈辱であるのは間違いないだろう。

でも文句は言わなかった。

だからバッシュも諦めず、根気よくルドを鍛えた。

自分に打ち掛からせ、蹴り飛ばし、立たせ、蹴飛ばし、走らせ、蹴飛ばした。

その甲斐《かい》あってか、ルドが倒れるまでの時間は長くなり、立っている時間と走っている時間が伸びた。

それが強くなっている証明かと言えば、もちろんそんなことは無い。

だが、それでいいのだ。

人はそんなすぐには強くなれない。バッシュのような素質のある者ですら、一人前の戦士《ウォーリア》になるのに一年掛かった。並の兵士が名のある戦士になるには、激戦の中に身をおいて数年は必要だろう。

もっともオーガは、オークと名前は似ているが、オークよりも戦闘に向いた種族だ。

オークは環境適応力と繁殖力において他の追随を許さない種族であるが、オーガはそれ以外の全てに優れていた。

単純な力でも、耐久力でも、敏捷《びんしょう》さでも、感覚でも、知恵でも、平均値を比べれば、オーガはオークをはるかに上回っているのだ。

ゆえにオークよりも全体数こそ少ないものの、七種族連合の中でも上位に数えられた。

だからいずれ、この訓練も実を結ぶだろうとバッシュは考えていた。

ルドとルカがどう考えているのかはわからなかったが、二人はバッシュによく懐《なつ》いていた。

食事の時も、二人はバッシュの戦場での話を聞きたがった。

雨宿りをしつつ、バッシュが過去の戦場で出会った猛者の話をすると、二人は目を輝かせて、もっともっととせがんだ。

だが、『凍眼』のルラルラの逸話を話すと、少しだけ寂しそうな、つらそうな表情を見せた。

思えば、バッシュは今まで他の種族の幼体に出会ったことはあまりなかった。

この旅の間、遠目に見ることはあったが、近づいたり話したりすることはなかった。

バッシュとしても、子供を産めない子供に用はなかった。

しかしながら、こうして実際に子供を前にしてみると、なかなか良《い》いものだなと思えた。

庇護《ひご》欲とでも言うのだろうか、性欲とは別の部分が刺激された。

そうして、修行と移動を繰り返す日々は、ある時終わりを迎えた。

雨がピタリと止《や》んだのだ。

「？」

バッシュは唐突に降らなくなった雨に、手のひらを上にしつつ、怪訝《けげん》な顔で空を見上げた。

空は分厚い雲で覆われて真っ暗だった。

目をこらせば、雨が降り続いていることもわかる。

だが、なぜかバッシュたちの周囲に雨粒が落ちてくることは無かった。

ルドとルカも、不思議そうな顔で周囲を見渡している。

よく見ると、今しがた通ってきた道、その地面に、くっきりと線が出来ているのがわかった。

線から先は水浸しだが、バッシュたちのいる側は、やや乾いていた。

「……結界？」

ルカの小さな言葉で、バッシュたちは何者かが張った結界に飛び込んだことを知った。

雨風を防ぐ結界。

それも、かなり大規模なものだった。

戦争中、都市が大規模な魔法に晒《さら》される時に張られるような……。

「うふふふふふ……」

ふと、声がした。

バッシュが振り返ると、いつしか周囲には霧が立ち込めていた。

うっすらと桃色に見えるそれは、戦場を駆け抜けた者たちにとって、忘れがたいものだ。

「まずいっ……」

バッシュは咄嗟《とっさ》に口元を押さえ、息を止めた。

この霧、この甘ったるい匂い。

オークたちが戦場でこれを嗅いだ時は、頼もしい援軍がきたと胸を躍らせた。

だが同時に、その場からはやく離れなければいけなかった。

なぜなら、その霧を吸い込んだ男は、否応《いやおう》なく使い物にならなくなってしまうからだ。

（サキュバスの桃色濃霧《チャームミスト》か！）

それは、戦争において猛威を振るい続け、最後まで完璧なレジスト手段が見つからなかったサキュバスの奥義《おうぎ》。

男の理性をとろけさせ、下半身のいいなりにさせる無敵の魔法。

「うふふふふ……」

霧の奥に、女がいた。

ツインテールにまとめられた、淡いピンク色の髪。背丈は低く、幼さが残る顔と体つき。

だが、女であるとはっきりわかる艶《あで》やかさがあった。

局部だけを覆った黒いレザーの衣装、肌は白く、うっすらと汗ばんでいて、男なら誰もがゴクリと喉を鳴らしそうなほどに艶《なま》めかしかった。

そんな体の持ち主は、妖艶《ようえん》な表情で、己の指を舐《な》めていた。

サキュバスだ。

尻尾が無く、翼も片翼しか無いが、それでも間違いなくサキュバスであった。

「いけない子たちね、こんな雨の日に、どこから迷い込んできたのかしら……？」

彼女は舐めた指を、ゆっくりと己の下腹部へと移動させていく。

そして股を大きく開くと、下腹部を撫《な》でつつ、残る手でバッシュたちに手招きをした。

同時に、サキュバスの瞳が赤く光る。

「ねぇ、坊やたち、知ってる？　サキュバスの国に無断で入ってきた子は、食べられちゃっても仕方がないのよ？」

バッシュは、目の前にモヤが懸かるのを感じていた。

『魅了』を仕掛けられている、と気づいた時にはもう遅い。

すでに視線はサキュバスの肢体に釘付《くぎづ》けで、足はフラフラと彼女の方へと歩み寄っていた。

「逞《たくま》しいオークの旦那様。さぁ、いらっしゃい。最高の快楽を与えてあげる……さぁ、私の瞳を見て、うふふ、精悍《せいかん》なお方……なんてハンサムなのかしら……私の憧れのお方にそっくり……」

バッシュの視界が、サキュバスの赤い瞳でボヤける。

バッシュの脳の半分が、最大限の危機だと伝えている。

手を出してはいけない。手を出したら全てが終わってしまう。

サキュバスに手を出した童貞オークは、その後に性交したとしても魔法戦士になってしまう。

オークの英雄が魔法戦士に。

そんなことになれば、オークの誇りは地に落ちる。

許されていいわけがない。許していいわけがない。

全力で抵抗しなければいけない。

しかし、サキュバスの赤い瞳がキラリと光ると、その警鐘も消えていく。

魔法戦士もいいじゃないか、彼女の体に溺れれば、絶対に気持ちがいいぞ。

白くきめ細やかな肌、大きさは程々であるにも拘《かか》わらず劣情を煽《あお》る胸、彼女が手を動かす度に艶やかな水音が周囲に鳴り響く。

その音が耳に入る度に意志が薄れ、体が弛緩《しかん》していく。

対してバッシュの子バッシュはガチガチで、バッシュの体を支配していく。

手が勝手に伸びていく。

サキュバスへと……。

「あれ？」

しかし次の瞬間、スンッと、バッシュの体に自由が戻った。

靄《もや》がかかっていたような視界は元に戻り、目の前には、あられもない格好をしたサキュバスが、目を見開いてポカンとした表情でバッシュを見上げていた。

「……あ、あの、もしや」

サキュバスはパタンと足を閉じた。

そして、ゆっくりと立ち上がると、直立不動。

やや背伸びをしつつ、まじまじとバッシュの顔を見た。

「『オーク英雄』バッシュ様、であらせられますか？」

「……ああ、そうだ」

　そう言った瞬間、サキュバスは衝撃を受けたようによろめいた。

　そして、即座に木の陰にあった布を手に取った。

　それは、丁寧にたたまれた服であった。

　サキュバスは服を素早く着込んでいった。年季の入った早着替え。

　気づいた時には、バッシュがずっと見ていたい、なんなら触りたい、自分のものにしたいと思ったものは、ダブついた軍服の中に収納されていた。

　ツインテールだった髪は三編《みつあ》みになり、顔には分厚いメガネがつけられ、一瞬でヤボったい印象へと変わった。

　そしてサキュバスは額に手を当てた。

　敬礼であった。

「じ、自分は、かつて戦場にて助けていただきました、ヴィナスと申します！」

　そして、その場に膝をつき、深く頭を下げるのであった。

「先程は失礼しました。お会いできて光栄です。『オーク英雄』バッシュ様！」

「あ、ああ……」

そう言われ、バッシュはうなずいた。

イマイチ状況が飲み込めないが、危機は去ったようであった。

「お怒りはごもっとも！　サキュバスの恩人であり、英雄たるバッシュ様に魅了を掛けるなど、誇り高きサキュバスにあってはならぬこと！　何卒《なにとぞ》、平《ひら》にご容赦を！」

「怒っているわけではない。途中で止めてくれて助かった」

「なんと寛大なお言葉！　ありがとうございます！」

ヴィナスのエロすぎる肢体が見れなくなり残念であったが、ほっとしているのは確かだ。

あのままいけば、バッシュは彼女の魅了に抗《あらが》えず、捨ててはいけない場所に童貞を捨てただろう。

その結果、バッシュの魔法戦士は確定となったに違いない。

それどころかサキュバスの奴隷となってしまっていたかもしれない。

『オーク英雄』が額に魔法戦士の烙印《らくいん》を押された上で奴隷となれば、オークの誇りは、地に落ちただろう。

英雄を貶《おとし》められたオークも黙ってはいまい。

サキュバスとオーク間で戦争が起こるのは、間違いない。

オークがサキュバス相手に戦争をふっかけるなど、あってはならない。

勝てるはずもない滅びの戦だからだ。

「それで、バッシュ様、サキュバスの国に、いかなるご用件で？　バッシュ様が来られるとあらば、我が国は総出で歓迎するところではありますが……？」

「説明すると少し複雑なのだが……」

バッシュは背後を振り向く、するとそこには、妹に羽交い締めにされたルドの姿があった。

「はっ、えっ、今のは……？」

恐らく、バッシュと同様に魅了に掛かってしまったのだろう。

それが解除され、きょとんとした顔をしていた。

「なるほど！　複雑な事情がおありになるのですね！」

そこで、ヴィナスはハッと顎に手を当てた。

「となれば、あの妖精が言っていた言葉も本当ということですか……」

「妖精？」

「はい、先日、ゼルと名乗るフェアリーがやってきて。バッシュ様が川に流されてこのあたりにきたはずだと。隠し立てするとタダじゃおかないと、半日ずっと喚《わめ》き散らしまして」

「……」

「我ら誇り高きサキュバスが恩人たるバッシュ様にそのようなことをするはずがない、侮辱だ……と、皆が騒ぎ、捕らえられました」

光景がありありと浮かぶようであった。

「確かに、俺は橋から滑り川に落ち、ゼルとはぐれた」

「よかった、なら引き取りに来ていただけますか？　一晩中喚いていて、見張りの兵がノイローゼになったのです」

「むう……」

バッシュは思案する。

サキュバスの国。

当然、そこにはサキュバスしかいない。

サキュバスという種族は誰もが見目麗《みめうるわ》しい。時に妖艶、時に清楚《せいそ》、時に可憐《かれん》。オークの中には、サキュバスと懇《ねんご》ろになることを夢とする者もいるぐらいだ。たとえ子供が産めずとも関係ない、と。

もっとも、サキュバスは七種族連合において上位に位置する種族、オークを相手にすることなど滅多にない。

とはいえ、食料としては別だ。

彼女らは例外なく、男を食う機会を狙っている。

バッシュはサキュバスに悪い感情を持っているわけではない。

いくらでも狙ってくれて構わないぐらいだ。

子供は作れないかもしれないし、奴隷になるわけにもいかないが、一晩だけの食事であるなら、お互いにＷＩＮＷＩＮの関係を築けるだろう。

だがそれは、童貞を捨てた後に限った話だ。

今はもちろんダメである。

そして、今しがた行われたように、バッシュは魅了への耐性を持たない。

サキュバスの一人のちょっとした気まぐれで、バッシュの危惧する最悪の未来が現実になる。

危険な場所だ。

今しがたの魅了に抗えなかった身で、おいそれとそんな所に行くわけにはいかない。

「国を挙げて歓迎させていただきますよ！　やった、みんな喜ぶぞ……！」

「いや、ここに連れてきてくれ」

「そんなっ！　お願いします！　我らサキュバスの恩人たるバッシュ様が国境まで来てく

ださったというのに、それを追い返したとあらば、我らサキュバスの名折れ！　女王からもお叱りを受けてしまいます！」

「しかし……」

　バッシュはオーク英雄だ。

　サキュバスに童貞を奪われるのが怖いから国に入りたくないなどと、正直に言うことは出来ない。

　少々困りつつ、ルドとルカの方を見る。

「……今は連れもいて、先を急いでもいる」

「え？　ああ……」

　ルドは話を聞いて、迷うような顔をしていた。

　対してルカはブンブンと首を横に振っている。

　今しがた魅了を体験した身としては、身の危険を感じたとしてもおかしくはなかった。

「そちらの美味《おい》しそうな坊……エホォン！　失礼、そちらの方々は？」

「俺の弟子だ」

「なんと、お弟子様でございましたか！　バッシュ様の教えを受けられるとは、なんと羨ましい……！　私も、是非とも閨《ねや》での寝技の特訓を……ゴホォン！」

ヴィナスは寒そうな格好をして風邪でも引いたのか、何度も咳払《せきばら》いしつつ、最後には真面目な顔に戻り、バッシュの方を見た。

「ともあれ、ご警戒されているようですね。しかしながら、ご安心ください。バッシュ様はサキュバスの恩人！　尊敬されています！　なのでバッシュ様はもちろん、そのお弟子様に手を出そうというサキュバスはいません。仮に一人か二人、バッシュ様のあまりの男らしさに暴走する者がいたとしても、この私が、いえ、私達が手など出させません。リーナー砂漠の撤退戦であなたに命を救われたサキュバスが、絶対に！　命にかえても！」

ヴィナスの言葉は重く、覚悟を感じられた。

「だからどうか！　どうかお願いです！　少しだけでいいのです！　女王に少し挨拶していただけるだけで！　お願いします！　我らの名誉と誇りのためにも、どうか！」

そこまで頼まれては、バッシュも断ることが出来なかった。

「わかった……だが、長居はしない。俺たちも旅の目的があるからな」

「無論でございます！　ささ、どうぞこちらに！」

こうして、バッシュたちはサキュバスの国へと入国したのだった。

■

サキュバス国の首都は寂れていた。

本来であれば、桃色の濃霧が街中を覆い、あらゆる種族の男性の意識と理性をぶっとばす町は、ガランとしていた。

活気というものはなく、人通りもほとんど無かった。

サキュバスはデーモン、オーガに並ぶ七種族連合の上位種族だ。

四種族同盟に加盟する全ての種族の男性に対して優位につけるその特性に加え、肉体的にも魔法的にも卓越した種族。

それがサキュバスだ。

バッシュの知るサキュバスは、常に完璧な化粧を施した顔に妖艶《ようえん》な笑みを貼り付け、常に余裕を見せつけていたものだが……。

わずかにいる道行く者たちにそのような余裕はなかった。

頬がこけ、どことなく元気がない。

「随分と寂れているな」

「敗戦国ですからね……食料もほとんど無い、これで活気を出せというのも無理な話ですよ。オークも似たようなものなのでは？」

「オークは食料が無いわけではないからな、もう少し活気がある」

食料が無い。

そんな言葉を聞いた直後、バッシュはふと視線を感じ、首を巡らせた。

見ると、路地に数人のサキュバスがたむろしていた。

彼女らは血走った目でバッシュを見ていた。ご丁寧にも、口元からはよだれが垂れている。

どれもサキュバスらしい、美しくも妖艶な女性だった。

その体つきも、見ているだけで生唾を飲み込むほどだ。

あの体のラインをヒューマンの女性が出そうと思ったら、相当な努力が必要になるだろう。

だが、よく見ると彼女らの手足は細く、脇腹には肋骨《ろっこつ》が浮き、頬がこけていた。

満足に食事を取れていないのだろう。

戦場でないゆえか口紅の一つもしていないので、唇がひび割れているのもわかってしまった。

「おや、あれはキュウカですね。彼女もよく……」

「ヴィナスゥ、随分と美味《おい》しそうなの連れてんじゃ～ん？」

ヴィナスが何かを言おうとした瞬間、そのうちの一人が唇を舐《な》めつつ、バッシュたちの方へと近づいてきた。

バッシュの前に立つと、腰をキュッと突き出し、人差し指を唇に当てた妖艶なポーズで、バッシュをまじまじと観察する。

もっとも、女の視線はバッシュの股間に釘付《くぎづ》けだ。

一瞬でも目を離せば消えてしまうと言わんばかりに、絶対に逃さないと言わんばかりに。

バッシュはその視線に、股間を隠すべきかと少々悩んだ。

いや、特に露出しているわけではないのだが、敵が急所を狙っているのに、そこを無防備にさらしていて良いのかと不安になったのだ。

それぐらい強い視線だった。

「あぁん、なんてたくましいの……」

「こっちの坊やもいい感じだけど……やっぱりオークちゃんの方がいいわね。濃いの、たぁくさん出してくれそう」

他のサキュバスたちも、ニヤニヤと下品な、いやぎりぎり妖艶と言える笑みでジリジリとバッシュたちを包囲した。

だが近寄って、凝視してはくるものの、触れてはこない。

バッシュは知らぬことではあるが、これはサキュバス族に「他人の魅了した獲物に許可なく手を出さない」というルールがあるからである。

「クスクス、ねぇみてぇ、こっちのお嬢ちゃん、お兄ちゃんを守ろうと必死だわぁ」

「かぁわいい。じゃあ、お嬢ちゃんに特別に、お兄ちゃんが気持ちよさそうにしてるところ、見せてアゲル」

「キャハハハハ、あんた趣味わるーい」

「なぁによぉ、そういうあんただって好きでしょ？　他種族の女が絶望してるカオ」

サキュバスたちは好き勝手言いながらバッシュたちの周囲をくるくると回る。

顔を真っ赤にして目をそらすルドと、そんな彼を守るように両手を広げて威嚇するルカがいた。

「みたとこ、国境越えてきた馬鹿ってところ？　いいなぁ、国境警備は、たまにそういうご馳走《ちそう》にありつけて。あたしらにも、ちょっと分けてちょうだいよ。あたしとヴィナスの仲だろぉ？　そっちの小さいのはともかく、でっかいのはたっぷり出せるでしょうしぃ～？　あらぁ？　よく見たらまだ小さいわねぇ？　魅了の掛かりが弱いんじゃないの？　あたしが重ねて掛けて……」

「キュウカ。股間ばかりでなく顔を見ろ。貴様は今、とてつもない無礼を働いている」

対するヴィナスの言葉は冷酷だった。

話しかけてきたキュウカという女が、目を見開き、体をビクつかせるほどに。

「無礼って、なによぉ、それぇ、少しぐらいいいじゃ～ん……あたしらだって……」

キュウカは言い訳でもするかのように視線をバッシュの顔へと向けた。

他のサキュバスも同様に。

そこで数秒、静止する。

「………あの、まさか、『オーク英雄』バッシュ様であらせられますか？」

「ああ」

バッシュがうなずいた瞬間、キュウカ達の姿勢がビンッと音がしそうなほど伸びた。

猫のようにしなっていた腰は大木のようにまっすぐ上に伸び、若干横に傾いて自信のある角度を保っていた顔もまっすぐ、顎は引かれ、右手は顔の横へと移動した。

サキュバス軍の正式な敬礼がそこにあった。

服装は少々刺激的ではあったが。

「失礼いたしました！」

「いや、うむ……」

「おいっ！」

キュウカの言葉で、他のサキュバスたちが慌てて路地裏に走っていく。

彼女らが路地裏から持ってきたのは、三人分のボロ布だった。

キュウカたちがそれを着込むと、やや痩せながらも妖艶な肉体が隠された。

バッシュとしては、少し残念であるが、同時にホッとする。

「キュウカと申します！　我ら一同は、パイルズ川の防衛戦にてあなたに救っていただきました！　『オーク英雄』バッシュ様！　あのような態度、誠に申し訳ありません！」

「申し訳ありませんでした！」

キュウカはそこで、一本の短剣を取り出した。

「大恩あるバッシュ様に恩返しをするどころか食料視！　のみならず、あまつさえ仲間内で食い散らかそうとするなど、誇り高きサキュバスの名折れ！　今この場にて、この生命《いのち》を以《もっ》て償いとさせていただきます！」

「いや……」

「しかしながらこの二人はまだ未熟者！　私の命だけでご容赦いただきたい！　では、愚か者の命の散華《さんげ》をお楽しみください！　我が血飛沫《ちしぶき》が、残る戦士《ウォーリア》の意気とならんことを！　御免！」

そしてそのまま己の心臓へと突き刺そうとするのを、バッシュは腕を摑《つか》んで無理矢理止めた。

「構わん。気にしてはいない」

サキュバスは、真《まこと》に尊敬する相手には決して魅了を掛けない。

バッシュ的には少々残念なことではあるが、しかし、今の状況はバッシュとしても都合が良かった。

いかにバッシュといえども、サキュバスの魅了が通じないわけではないのだから。

しかしそんなバッシュの気持ちとは裏腹に、サキュバスたちはザワついていた。

「なんと寛大な方なのでしょうか」

「あまつさえ手を取ってお止めになられた。キュウカ中隊長みたいなブスの手を、ためらうことなく……」

「キュウカ中隊長の死に様など、お目汚しにしかならないのでしょう。なにせ恩人に欲情する端女《はしため》ですから」

「あんただってそうだったでしょ⁉」

とにかく、サキュバスたちの視線はジュウジュウと湯気を立てる焼き肉を見るような目から、羨望《せんぼう》と尊敬の眼差《まなざ》しへと変わった。

ハート形だった目は、星形に変化し、キラキラと輝いていた。

「しかしながらバッシュ様、この国に来ていただけたのは嬉《うれ》しいことですが、お気をつけください」

「どういう意味だ？」

「今やこの国は、誇りを忘れつつあります。この国を歩く時は、決してお一人になりませぬよう、できるだけヴィナスを隣に控えさせてください」

「ふむ……？」

その言葉に、バッシュは小首をかしげた。

その仕草は何気ないものであった。

だが、サキュバスたちには非常に可愛《かわい》らしい仕草と映り、今しがた止めようとした心臓をトゥンクと波打たせた。

「……よくわからないが、そう長居するつもりは無い。ゼルを回収し、女王に挨拶をしたらすぐに去ろう」

「ハッ！　では、バッシュ様、私どもと会話していただき、ありがとうございました！

一生の思い出とし、末代までの自慢とさせていただきます！」

「ありがとうございました！」

一斉に下げられる頭。

麗《うるわ》しい髪も、見事な肢体も見えない。

頭陀袋《ずだぶくろ》のようなボロ服をまとった、かつての歴戦の戦士たちは、上から見ると三匹の芋虫に見えた。

その姿は、今のサキュバスを象徴しているようであった。

5. サキュバス女王

『サキュバス女王《クイーン》』カーリーケールは、サキュバスの中でも特に妖艶《ようえん》な女だ。

サキュバスにとって妖艶であるということは、すなわち歴戦の女傑であるということだ。

女王となる前、『サキュバス王女《プリンセス》』だった頃から、彼女の雷名は世界中に轟《とどろ》いていた。

かつての異名は『骨抜き』のカーリー。

男であれば骨と皮だけにするまで吸い尽くすし、女であれば背骨を引っこ抜くことから、そう名付けられた。

そんな彼女であったが、現在の姿は戦中とは異なる。

大きな胸に、大きな尻、目の下と胸の谷間のほくろ。

それらは健在であったが、鎖骨から胸にかけて、大きな火傷《やけど》のあとがあった。それも木の枝のような痕。

電撃傷である。

彼女はエルフとサキュバスの決戦において、サンダーソニアに敗北したのだ。

命は助かったものの、その体には大きな傷を負い、片足に後遺症が残ってしまった。

戦争終結後、彼女は女王を辞そうと思ったが、後継者は皆死に絶え、王として働ける者もいなかったため、今もなお女王として君臨し続けている。

そんな彼女の下にビースト国から正式な抗議文が来たのは、つい先日のことだった。

サキュバス国の元将軍キャロットの襲撃と、それに伴う聖樹《せいじゅ》の枯死。

彼女の行動はサキュバス国の総意か否《いな》か。もしそうなら戦争も辞さない……と。

そのようなことがつらつらと書かれた抗議文は、『サキュバス女王』カーリーケールにとって寝耳に水であった。

キャロットは一年ほど前から連絡が取れなくなっていた。

どこかで怪我《けが》か病気でもしているのかと心配し、他国に後ろ指をさされるのを覚悟で捜索隊を出そうと、そう決意した直後のことであった。

なぜこんなことを、と思う反面、ああそうか、と納得してしまう部分もあった。

彼女には、苦労を掛けた。

外国との交渉を、全て彼女にまかせてしまっていた。

そこで起きた出来事を、キャロットはあまり多く語ろうとはしなかったが、どんな扱いをされたのかは、火を見るより明らかだった。

ただ、キャロットはカーリーケールの前ではそれを顔に出さず、ただただ成果がなかったことを申し訳なさそうに告げるだけであった。

キャロットは誰よりもサキュバスという種のことを考えていた。

そんな彼女は頼りになるが、反面思い詰める傾向にもあった。

カーリーケールは、彼女がいつ鬱憤が爆発してもおかしくはない、と危惧していた。

だから「ああそうか」だ。

なので、カーリーケールはそれ以上キャロットの行動について考えることはやめた。

最も誇り高きサキュバスであった彼女が暴発したというのなら、他のどのサキュバスであっても同じ末路をたどっていただろうから。

カーリーケールにも、サキュバス国の民にも、キャロットを責める資格など無い。

残された者が考えるべきは、彼女の処遇ではない。

彼女の行動のせいで、今、サキュバス国が疑われているということだ。

彼女が行ったことが真実であれば、ビーストとの戦争は十分にありうるだろう。

現在のサキュバスに、他国と戦争をする余力など残っていない。

戦えば確実に敗北し、赤子に至るまで皆殺しにされるのは間違いない。

根絶やしにされ、絶滅するだろう。

サキュバスという種は、それだけ嫌われている。

この国を、サキュバスという種を存続させるためにも、対応を間違えるわけにはいかなかった。

だからすぐさま、謝罪文を送り返した。

キャロットはすでに我が国から出奔した人物、国の意向と関係はなく、此度《こたび》の出来事は大変遺憾である、と。

もしキャロットが我が国に戻ってきたなら、その首に縄を付けて引き渡そう、と。

国のためを思って精力的に働き続けてくれたキャロットに対し、なんと恩知らずなことかと思いつつも……。

その謝罪文に対する返事は、まだ返ってきていない。

もしあの手紙がビーストの言いがかりであり、なし崩し的に戦争に持ち込まれたらどうすべきか、民を守れるのか……。

カーリーケールの心中は、常にそんなことで満たされていた。

カーリーケールは戦中の女王だ。外交より戦が得意な戦士だ。

でも出来る限りのことはしなければならなかった。まったくもって、災難ばかりである。

最近はそんな出来事や慢性的な食糧難に加え、雨も降り続いている。

町は結界で守ったため水害の心配は無いが、いずれ〝飼料〟の生産が間に合わなくなる日も来るだろう。

時を同じくしてナザールから新たな食料を送ってくれるという書状も来たのは嬉しいが、それとてどこまで信用していいものか……。

そんな悩ましい日が続いた時、さらに悪いことが起きた。

フェアリーが攻めてきたのだ。

「うおおおぉ！　旦那ぁ！　バッシュの旦那はどこっすか！　サキュバス共、隠し立てしたらタダじゃおかないっすよ！　旦那がいくらいい男だからって、やっていいことと悪いことがあるっすよ！　『オーク英雄』を拉致監禁して吸い尽くそうなんて破廉恥の極みっす！　もしバッシュの旦那が喜んでたとしても、このゼルが許さないっす！　さぁ！　さっさと旦那を出すっす！　じゃないと皆殺しにするっすよ！　旦那、旦那ぁ！　返事してくださいよ、旦那ぁ！」

カーリーケールの前に連れてこられた時、攻めてきたフェアリーは簀巻《すま》きにされていた。

『二枚舌のゼル』。有名なフェアリーだ。

当然、有名なのは嘘《うそ》つきだからではない。

このフェアリーが、サキュバスが大恩を持つ『オーク英雄』バッシュの相棒だからだ。

とはいえ、なぜこのフェアリーがここにいるのか、いまいち要領を得なかった。

しかもバッシュが川に落ちたとか、この近くに来ているはずだとか、サキュバスが捕らえたとか、よくわからないことを言っている。

本来であれば、「誇り高きサキュバスを舐《な》めるな」と一喝するようなことである。サキュバスは何より恩を大事にする種族だ。大恩あるバッシュを食料視し、あまつさえその自由を奪うなどという愚か者は存在しない。もし見つけたのなら、すぐに女王である自分に報告し、国賓として歓迎するはずだ。

……と言いたい所だが、今のサキュバス国は荒れている。

誰もが飢え、種全体が誇りを失いつつある。

情けないことだが、絶対ないと言い切れないのだ。

無論、ありえてはいけないことである。

バッシュを拾って拉致監禁し、食料として扱っているような輩《やから》がサキュバス国にいるのであれば、決して許すことはできない。

女王の名の下に公開処刑を行う必要がある。

「ニオ、まさかとは思いますが、一応調査を。また、それとなく国境警備に伝えておくように」

「ハッ」

ゆえに、側近に極秘裏に国内を調査させる運びとなった。

だが、この時点でカーリーケールは楽観視していた。そもそも、バッシュがこの辺りに来る理由など無い。所詮はフェアリーの戯言《たわごと》だろう……と。

その判断を、脇が甘いと嘲る者もいるかもしれない。

でもそういうものなのだ。フェアリーがいきなり駆け込んできて何かを叫ぶというのは、まずは嘘やいたずらを疑わなければならないのだ。

長い歴史が、それを証明しているのだから。

そうして二日ほど経過し、側近から「怪しい者は調べましたが全てシロです」という報告が戻ってきた。

やはりフェアリーの嘘だったか、バッシュ様の元相棒だったからといって容赦はできぬ、四肢を引きちぎり、標本にしてやる……と憤《いきどお》っていた所。

「陛下。国境警備のヴィナスがバッシュ様を発見し、こちらに向かっているようです」

そんな報告が流れてきた。

■

現在、サキュバス女王カーリーケールの前に、一人のオークがいた。

緑色の肌に巨大な剣を背負い、全身から強者のオーラをみなぎらせるオーク。

『オーク英雄』バッシュが座っていた。

「ようこそおいでくださいました。『オーク英雄』バッシュ様」

サキュバスの玉座は横長に作られている。

女王は謁見において、けだるげに横たわりつつ相手を見下ろすのが通例だ。

その気になれば、睡眠を取ることもできる、いわばソファベッドのような玉座。

なぜそうなっているのかと聞かれれば、謁見の相手が男であれば、いつでも食事行為に到《いた》るため、である。

だが、相手が尊敬する人物であり、恩のある男性とあらば、そうもいかない。

カーリケールは、ピシリと音がしそうなほどに背筋を伸ばして座っていた。

「ヴィナスとキュウカにそれぞれ魅了を掛けられそうになったが、思いとどまってくれた」

「なんと……！　お許しください。彼女らにはきつい罰を与えますゆえ……」

「構わん。サキュバスとはいえ、言い寄られるのは悪い気がしない」

尊敬する恩人に魅了を掛けるなど、サキュバスにとって禁忌中の禁忌だ。

バッシュはこう言ってくれているが、やはりヴィナスらにはお仕置きが必要だろう。

そう思うカーリーケールだが、バッシュを見るとその気持ちが薄らいだ。

「……バッシュ様」

思わず抱きしめられたくなるようなたくましい腕、誘っているのかと錯覚させるヒップライン、たっぷりと出してくれそうなガッシリとした下半身……。

（スケベすぎる……！）

今すぐ裸にひん剝《む》いて食べてしまいたい。

（いいえ、いいえ！　しっかりするのよカーリーケール！　バッシュ様はサキュバスの国を救ってくれた恩人！　リーナー砂漠に彼が来てくれなかったら、今頃サキュバスは滅んでいるんだから！　食料視なんてしちゃダメ！）

もし自分が女王でなかったら、我慢できなかっただろう。

ヴィナスたちも、よくぞ踏みとどまってくれたと思う。ヴィナスもキュウカも、国によく尽くしてくれた軍人である。誇りの何たるかをわかっているのだろう。

そんな彼女らが、一時の気の迷いで罰を受けなければならないなど、あってはならないことだ。

「本来であれば、国を挙げてあなたを歓迎する所ですが、お恥ずかしい話、我が国も貧しく、現在は少々取り込んでおりまして」

「構わん。気遣いに感謝する」

「当然のことですので」

あぐらをかいて座るバッシュの前には、数々の料理が置かれている。

牛の丸焼きに、山盛りのパン、オードブルに、何種類ものスープ、デザート。

ヒューマンを真似《まね》て造ったワインをグビリと飲み干し、即座に隣に座るサキュバスがおかわりを注《つ》ぐと、なんとも満足そうな笑みを浮かべている。

他種族はこうした食事を好むと聞いて作らせたもので、カーリーケールに味の是非はわからないが、しかしバッシュはうまそうにそれをつまんでいた。

「それより、こちらにゼルが厄介になっていると聞いた」

「あぁ、あのフェアリーですね。確かに厄介です。お引き取りいただけるのですか？」

「無論だ」

「では……ニオ！」

カーリーケールがパンパンと手を叩《たた》くと、一台のワゴンが運ばれてきた。

その上に乗せられているのは、当然ゼルだ。

ゼルは簀巻きにされた上から魔法陣の描かれた札を貼られ、さらに鳥かごの中に放り込まれていた。

絶対に逃さんと言わんばかりの厳重な拘束だった。

「あ、旦那だ。てことは、そろそろオレっちの疑いも晴れた感じっすか？　それとも、この可愛《かわい》らしいフェアリーを巡って決闘が行われたり？　いくらなんでもフェアじゃないっすよ？　魅了ありなら旦那に勝ち目はなく、魅了無しならサキュバスに勝ち目なし！　オススメできないっす！　ていうか、この縄解いてもらえないっすかね？　カゴの中に入れてるなら縛る必要なくないっすか？　あいたっ！　もうちょっと丁寧に！　フェアリーは見た目通り繊細なんすから！　四肢をちぎられた上で首を取られたり、火達磨《ひだるま》になったら死ぬんすからね！」

ワゴンで運んできた側近のニオがカゴの蓋を開け、逆さにして振ると、ゼルがボテリと落ちてきた。

サキュバスが無言で爪を伸ばすと、ゼルを覆う縄が切られ、ゼルは自由になった。

途端、ゼルは超速で飛び回り始めた。

「うおお！　自由！　やはりフェアリーは自由であってこそフェアリー！　うなれオレっちの羽、スピードを感じる瞬間こそが自由を実感する瞬間！　ぶち当たる空気の壁！　苦しい息！　ひとかけらの呼吸！　空気がうまい！　ああ、これがスピードの向こう側！」

大げさに自由を実感するフェアリーは、しばらくガランとした宮殿内を飛び回った後、バッシュの肩にストンと着地した。

「やー、旦那には助けられてばっかりっすね！　今回も旦那を助けにいったと思ったら、あれよあれよという間に旦那に助けられている。これがオレっちの人生っすね！　まさに命の恩人。一生ついていって、返せるだけ返す所存っすよ！」

「そんなことは無い。お前の知識には助けられている」

「おっとぉ！　そんなこと言ってぇ、オレっちがフェアリーじゃなかったら、とっくに旦那の嫁は見つかってる所っすよ！」

ゼルがくねくねしながらそう言う。

バッシュとしても、ゼルがヒューマンかエルフであればいいのにと思うが、残念ながらそうではない。

そもそもフェアリーだからこそ、オークと仲良くできているのだ。

それ以外の種族であれば、オークの性欲の捌《は》け口だ。

「それにしても、さすが旦那っすね。あの荒ぶる濁流におちて、よく無事だったもんっすよ！　いや、もちろん旦那ならあんな濁流程度では死なないと思ってたっすよ？　でも、流石《さすが》にもうちょっと消耗しているもんだと思ってたっす。そこをサキュバスに捕まって、あんなことやこんなことを……！」

「黙れ妖精！　我ら誇り高きサキュバスが大恩あるバッシュ様に、そのような無体をするか！　みくびるでないわ！」

カーリーケールが威厳たっぷりの声で言い放つ。

その声には不思議な力が込められており、ゼルはビンと全身を硬直させた。

そのまま肩から落ちそうになるのを、バッシュは手のひらで受け止めた。

「コホン、失礼いたしました。バッシュ様。大声を出してしまいました」

「……いや、いい。ゼルも失礼なことを言った」

「そ、そうっすね、慌てていたとはいえ、ちょっと申し訳なかったっす……ごめんなさい……」

ゼルは謝った。世にも珍しい、ちゃんと謝れるフェアリーなのだ。

「時にバッシュ様」

さて、となるとカーリーケール的には困ったことになる。

バッシュが国に来たのなら、国賓として歓迎する。それは間違いない。

このオークは、それだけのことをしてくれた。

こんなスケベすぎるオークが国内にいたら、国民も腹が減ってしまうだろうし、それに耐えられぬ者もいるだろうから、国賓といっても内々でということになるが。

だからそれはいい。問題はそこにはない。あるとするなら……。

「我が国には、いかなるご用向きで？」

本来ならば、来るはずのない人物。

オークの国で、英雄として悠々自適の生活をしているはずの人物。

さらに言えば、サキュバス国に対して大きな発言権を持っている人物。そんな人物が、わざわざサキュバス国にきて、何をしようと言うのか。

具体的に言えば、誰の差し金で、何を要求しにきたのか。

足を滑らせて川に落ちた挙げ句に迷い込んだということだが、このバッシュという英雄がそんなマヌケでないことは、彼と共に戦ったことのある者ならわかっている。

何かしらの目的があってサキュバス国を訪れたのは間違いない。

それはやや後ろ暗いことであるため、ゼルを先んじてサキュバス国に侵入させ、わざと捕まらせることで大義名分を得て、自分も潜入する。

そう考えた方が自然だし、辻褄《つじつま》もあう。

やや大雑把で回りくどい作戦。オークが思いついたにしてはやや頭が良すぎるが、フェアリーならギリギリ思いつきそうだ。

「ゼルを回収しにきただけだ。用は無い。すぐに出立するつもりだ」

「……なるほど」

カーリケールがまだ幼い時分であれば、あるいはその言葉を素直に信じたかもしれない。

だが彼女は歴戦の女王。

沈みゆく国を、なんとか踏みとどまらせんとする、サキュバスのトップだ。

「では、どこを目指しておられるのですか？」

「デーモンの国」

その言葉に、背筋がヒヤリと凍る。

元サキュバス将軍キャロットは、ゲディグズを復活させる、などとのたまっていたそうだ。

あのデーモン王ゲディグズを。

傑物であったと、カーリーケールも記憶している。

もし復活すれば、戦争の再開は免《まぬが》れまい。サキュバスに、戦争を戦い抜く力など、残っていないというのに。

「それは……なぜ？」

「ああ、つ……いや、あるものを探していてな」

バッシュは一瞬言葉に詰まったが、そう言った。

やはりなにかを隠している、とカーリケールは瞬時に悟った。

「それは、我が国には無いものなのですか？」

「………探してみねばわからんが、恐らくは、ない」

あるのだな、とカーリーケールは思った。

同時に、回りくどいことを、と思う。

あなたが欲しいと言えば、このサキュバス国で手に入らないものなどないでしょうに、と。

カーリーケールは高い理性をもつサキュバスであるが、バッシュが一発食べさせてくれるというのなら、サキュバス国の国宝であっても差し出してしまうかもしれない。

大体、国宝なんかより、英雄とのめくるめく一夜の方がよっぽど価値が……。

（いいえ！　いいえ！　しっかりしなさいカーリーケール！　あなたはサキュバスの女王なのよ！　そんな小娘じみた妄想してる場合じゃないの！　サキュバス国の進退が窮《きわ》まるかどうかの瀬戸際《せとぎわ》なのよ！）

カーリーケールは頭を振って、妄想を脳内から追い出した。

濃厚な精力を持つ男性がやってきて「一晩好きにしていい」と言いつつ擦り寄ってくるなど、今どき小娘でもしない妄想だ。

とはいえ、あわよくば、ワンチャンス、と思ってしまうのもサキュバスの性《サガ》である。

「その探し物というのは、デーモンの国にはあると？」

「ああ、ナザールがそう言った」

「ナザールというと、かの『来天の王子』？」

「そうだ」

それだ、とカーリーケールは感づいた。

ナザールと言えば、つい先日サキュバス国に一通の書状をくれた人物だ。

サキュバス国が食糧難であると聞き、新たな食料を送ってくれると書かれていた。

正直、そんなうますぎる話は無いと思っていた。

この数年間、キャロットがどれだけ他国を回り、食糧難を訴えてきたと思っているのか。

一時帰国した彼女の服が、汚物によるシミだらけになっていたことを、カーリーケールは一生忘れまい。

（ヒューマンの差し金か）

カーリーケールの目がスッとすぼまる。

少し、裏側が見えてきた。

恐らく、バッシュは監査員なのだろう。

サキュバスが本当に食糧難なのかどうか、連れてこられた食料たちが、きちんと管理できているかどうかの。

そうだろう。

ヒューマンたちは、同胞を食料として送ってきてくれている。

実際、戦争直後はそうした彼らの同胞を、サキュバスは雑に食い散らかして、随分な数を死なせてしまった。

そんな場所に再度同胞を送って良いものか、ヒューマンの中でも意見が割れているのだろう。

むしろ、反対が多数といった所か。

だからこそ、監査員を送り込み、安全かどうかを確かめようというのだ。

なぜバッシュを、と考えれば、適任であることはすぐに分かる。

もしサキュバス国で餌が雑に食い散らかされていた場合、監査員を送ると言われれば、それを隠蔽しようと画策するだろう。

だから秘密裏に行わなければならない。

とはいえ、今更ヒューマンを送ると言われれば、監査員であると気づかれてしまう。

そこでバッシュだ。

先日、ビーストの国で第三王女の結婚式が行われたというが、バッシュもそこに参加していたのだろう。

オークもサキュバス同様、四種族同盟からは嫌われている。

キャロットが暴れたという一件で疑われ、身の証《あかし》を立てるという名目で、サキュバス国への潜入を命じられたとしてもおかしくはない。

彼ならばヒューマンと関係ないふりして潜入できるし、サキュバスからの尊敬を集めているから、餌場の見学も簡単に叶《かな》う。

もしバッシュ自身が食い散らかされてしまったとしても、ヒューマンの腹は痛くない。

小狡《こずる》いヒューマンの考えそうなことだ。

「時にバッシュ様、少し話は変わりますが、サキュバス国の〝食堂〟に興味はおありですか？」

「食堂……？　うむ、まぁ、無いと言えば嘘《うそ》になるな……」

（やっぱり！）

その若干言いにくそうな返答で、カーリーケールは自分の考えがそう間違っていないと確信した。

（だとすると、無下に追い返すのは下策よね。バッシュ様が困ってしまう……もともとそんなつもりは無いけど……）

カーリーケールは内心でそう思いつつ、ブンブンと首を振り、深呼吸をする。

（いいえ、隠すことなんて無いわ！　最初の餌が死んでから、ずっと工夫してきたんだもの。それに、バッシュ様はオーク、嘘の報告をされる心配もない。ありのままをお見せすればいいのよ！）

カーリーケールは顔を上げ、決意のこもった眼《め》でバッシュを見る。

そして、自信を持って口にする。

「もしよろしければ、出立前に〝食堂〟の見学などされていきますか？」

「いや、すぐに出立するつもりだ」

「そうおっしゃらずに。結界の外は土砂降りの雨……デーモンの国にたどり着くにも難儀いたしましょう。しばらくは雨宿りなどされて、そのついでに我が国を見物でもしていってください。青息吐息な国ですが、これでいて見るべきものもあるのですよ？」

「むぅ……」

バッシュは少し悩んでいたようだったが、ゼルになにかを耳打ちされ、ぼそぼそと小声で相談を始めたが、やがてうなずいた。

「わかった。そうさせてもらおう」

こうして、バッシュはサキュバスの国に逗留《とうりゅう》することとなった。

カーリーケールとの謁見を終え、二人は謁見の間から出てくる。

案内役を用意するので少し待機して欲しいと言われ、二人は床に座り込む。

二人はしばらく黙っていたが、やがてゼルがポツリと言った。

「サキュバスの女王様、めっちゃ怖かったっすね。すごい目で旦那のこと睨《にら》んでたっすよ」

「サキュバスにとってオークは下等種族だ。本来なら国内に入れたくもないだろうな」

「そうっすよね。戦争中、最初に女王に会った時、めっちゃこき下ろされてましたもんね。汚らしい下郎め、妾《わらわ》に近づくな、とかなんとか」

「懐《なつ》かしいものだ。『オーク英雄』として、一端《いっぱし》に扱ってもらえるだけでも感謝しなければな」

そんな会話がなされたことは、誰も知らない。

もしカーリーケールが聞いていたら、今代のサキュバス女王は自決し、新たな女王が立っていたことであろう。

6. 食堂

　バッシュには、サキュバス国王宮内に部屋が用意された。

　これはサキュバスに男女の概念が薄いというのもあるが、防犯のため、というのが理由としては最も大きい。

　この国において、男が一人で部屋にいるということは、「私を食べて」という意思表示だからだ。

　なので部屋には護衛が付けられ、現在も三人のサキュバス軍人が部屋の前と窓の外で歩《ほ》哨《しょう》に立っている。

「というわけだ」

　そんな部屋の中で、バッシュはゼルにそれまでの経緯を話していた。

「なるほど、水の精霊っすか……」

　ゼルは訳知り顔で頷《うなず》いて、ルドたちの方を見た。

「お二方は、水の精霊と友達だったりするんすか？」

　ルドたちはというと、困惑顔だ。

「水の精霊様……ですか？」

「いえ、俺もルカも、精霊様のお姿どころか、声も聞いたことがありません」

「あるいは、お前たちの母ルラルラが、精霊に愛されていたがゆえのことかもしれんぞ」

バッシュがそう言うも、ルカは首を振った。

「そうですね。母はオーガであるにも拘《かか》わらず、氷の魔法に長《た》けていましたから……でも、精霊様は個人しか愛さないと聞きます」

「まぁ、精霊は気まぐれっすからね。オレっちも風の精霊にはよく絡《から》まれるっすけど、いつもはお願いだの脈絡のない説教だのばっかりするくせに、いざって時は結構助けてくれたりもするっすから……あ、もしかするとあいつら、人助けが趣味だったりするのかもしれないっす！　だから見知らぬ子供を助けることもあるかもしれないっすね！」

ゼルの言葉で、ひとまず精霊とはそういうものだと納得した。

気まぐれなのだから、仕方ない。災害と同じだ。

人は、その気まぐれによって何かを享受した時に喜び、奪われた時は甘んじて受け入れるしかないのだ。

「それで、これからどうするんすか？」

「国を覆う結界の外は雨が酷《ひど》い。俺たちだけならまだしも、こいつらを連れてとなると難儀だろう。雨が止《や》むまでこの国に留《とど》まるしかあるまい」

「旦那だって川に落ちるぐらいっすからね……」

その言葉に、ルドの口元が引き締まる。

「せっかく追いついたのに、逃がすしか無いんですか……」

「奴《やつ》もグリフォンを失った上に雨の中だ。ヒューマンの足では、そう遠くには行けまい。足止めを食っていると見るべきだろう」

「なるほど、流石《さすが》師匠！」

悪天候時のヒューマンの移動速度は遅い。

戦争において、ヒューマンは十二種族の中で最も地形や天候に左右されやすい種族だったと言えよう。

リザードマンのように特別優位に動ける地形や天候があるわけでもないわりに、弱点は多いのだ。

「じゃあ、今のうちに、できる限りの稽古をつけてください！　オレ、もっと強くなりたいんです！　よくわからないけど、精霊様を失望させるわけにもいきませんからね！」

「ああ」

バッシュとしては、すぐにでも出発したい所だ。

魔法戦士になるまでの時間は、刻一刻と迫っている。

いくらデーモン将軍への手紙を受け取っているとはいえ、今回も確実とは言えない。

焦《あせ》りは常に胸の内にある。

だが、カーリーケールの言葉で、少しこの国に興味が湧いたのも事実だ。

「おや、旦那、どうしたんすか？　そわそわして」

「いや、先程女王が、国を案内してくれると言っただろう？　それが気になってな」

「なるほど！　サキュバスっていったら美人ばかりで有名っすからね！　旦那もオークとして、そういう美女を見て奮い立つって所っすか⁉　惜しいっすよね、サキュバスの多くは旦那を尊敬しているみたいですし、オークの子供を産めたら、旦那の妻も簡単に見つかったかもしれないっすね」

「うむ……」

そう頷くバッシュだったが、仮にサキュバスがオークの子供を産めたとしても、今はまだプロポーズに至ることはあるまい。

魔法戦士は何よりも避けなければならないからだ。

ゆえにバッシュがそわついているのは、別の理由だ。

サキュバスの〝食堂〟。

それはすなわち、オークの繁殖場と同じような所だ。
日夜、男女が交尾を行っている場所である。違いがあるとすれば、サキュバスにとって
それが食事であり、子供を作る目的が無いということ。つまり『性交』ではないというこ
とだ。
とはいうものの、行為自体は性交となんら変わりない。
バッシュはオークであるが、他者の性交をまじまじと観察したことはなかった。
戦争中はそんな暇なく戦いに赴いていたし、戦後は繁殖場には行かなかった。当然、女
を抱いたこともない。
新米戦士だった頃に、幾度か戦士長が女をレイプしているところを見せびらかすのを、
遠巻きに見たことがある程度。
オークの繁殖場に赴けば、今のオーク達がどんな性交を行っているのかを見ることはで
きただろう。
同時に、お手本を見せてくれ、と懇願されることも間違いない。
バッシュ最後の日だ。
だがサキュバスの国であれば、そうしたことは無いだろう。
サキュバスはどうやらバッシュを魅了するつもりはないようだし、安全に交尾を見学す

ることができる。

よく見て観察する、というのは非常に重要だ。

サキュバスの〝食事〟をよく見て観察しておけば、来るべき童貞卒業の時に、大きな失敗をしなくて済むはずだ。

だからバッシュはそわそわしていた。

サキュバスはオークとはまた違うが、荒々しい交尾で男を吸い尽くすと聞いている。

勉強になるのは間違いなかった。

「妻、ですか?」

ポツリとそう聞いたのは、ルカだった。

「あの、バッシュ様は、妻《めと》を娶るのですか? オーガやデーモンたちと同じように? オークというのは、一人の女性を、その、共有すると聞いてますけど……」

オークをよく知らぬ者は、よくこうした疑問を持つ。

それに答えたのは、もちろんゼルだった。

「そうっすよ! 『オーク英雄』ともなれば、自分専用の女を用意することが許されてるっすからね! でも今のオーク国の情勢では、旦那が満足いくような妻を見つけることはまず不可能。だから旦那は自分で嫁探しの旅に出た……ってわけっす!」

「その、条件とかはあるのですか？」

「やっぱりオークっすからね、子供を産めることが大前提っす！　だからサキュバスはNGっすね。あとリザードマンとかも旦那の好みに合わないからダメっす！　旦那は面食いだから、エルフかヒューマンがベスト、次点でビーストって所っすか。ドワーフは旦那好みじゃないっすけど、ヒューマンとの混血ならアリっすね！　ただ、やっぱ旦那は偉大な男っすから、その妻も相応の格が求められると思うんすよね。そんじょそこらの村娘はオレっち的には認めたくないっていうか、お前のような馬の骨に旦那はやらん！　って感じで。うん、せめて役職が欲しいっすね、『女騎士』とか！　『族長の娘』とか！」

「混血……その、例えばですけど、オーガとかは、どうでしょうか？」

「オーガっすか！　旦那、どうっすか！」

話を振られ、バッシュが思い浮かべたのは、ルドとルカの母ルラルラであった。

オーガの男性はオークを大きく超える巨体に、岩のような肌を持っている。

だが、女性はというとヒューマンやデーモンに近く、やや筋肉質ではあるが、見目麗《みめうるわ》しい。

「悪くはない……だが、俺など相手にされんだろうな」

「そっすよね〜。基本的にデーモンとかオーガって、サキュバスと一緒でオークのことを見下してるんで、旦那が望んでも手に入るかどうか……」

「ただ、それらの種族を妻にしたとなれば、鼻高々で凱旋《がいせん》できるだろうな」

バッシュの言葉に、ルカは「鼻高々……」と呟《つぶや》き、考え込んでしまった。

その後もゼルはバッシュを褒め称《たた》える言葉をマシンガンのように打ち出したが、ルカが黙り込んだことで会話にはなっていなかった。

そんなゼルが奏《かな》でるＢＧＭをバックに、場は沈黙に包まれていたと言えよう。

コンコン。

と、そこで部屋の扉がノックされた。

「おやすみのところ、失礼いたします！　ヴィナス中尉です！」

「入れ」

「入ります！」

そこに一人のサキュバスが部屋に入ってきた。

ピンク色の髪を三編《みつあ》みでまとめた、幼げな風貌の女性。

分厚い眼鏡とダボダボの軍服で隠されているが、ここにいる全員が、彼女が艶《なま》めかしい肢体の持ち主であると知っていた。

ルドなどは、それを思い出してか、むずむずと膝をすり合わせていた。

「自分、ヴィナスが皆様に町を案内する役目を任せられました！」

甲高く甘い声からは、やや緊張が感じられた。

バッシュに対する尊敬と情念を感じられる態度は、バッシュの目にも好意的に映った。

もし彼女がサキュバスでなければ、即日プロポーズを敢行していたと断言できるほどだ。

「今すぐ出立しましょうか、それとも、もう少しおやすみになられますか？」

「待っていた。早速行くとしよう」

「ハッ！」

彼女はそう言うのはわかっていたと言わんばかりに頷《うなず》いた。

■

そうしてバッシュたちが連れてこられたのは、一軒の巨大な建築物だった。

王宮と同等か、それ以上の大きさはあるのではないかと思える、四角い建築物。

その建物の周囲には歩哨《ほしょう》が何人も立ち、物々しい警備体制であることが窺《うかが》えた。

「こちらが、我がサキュバス国の『食堂』となっております」

「随分大きいな」

「戦時中は食い散らかしていたのですが、戦後は食料をできるだけ長く生かす必要が出てきましたからね。彼らに何不自由なく暮らしていただくため、このような建物を建造いたしました」

ヴィナスがそう言いつつその建物に近づくと、歩哨の一人が「まさか」という顔をしながら近づいてきた。

「ヴィナス中尉、そちらの男は、もしや追加の食料ですか⁉　なんと立派なオークだ。彼一人で一日五十人は腹を満たせそうだ」

「違う！　すでに通達は行っているはずだ！」

「えっ？　ハッ、確か視察……いえ、見学なさるとかで！　もしや、そちらの方が？」

「そう、バッシュ様だ。だからあまり、そういう目で見るな」

「し、しかし……」

歩哨がバッシュの方を見て、ゴクリとつばを飲み込んだ。

その目は血走っており、長い舌はチロチロと唇を舐《な》め、手と翼がわきわきと動いていた。

「あなたが〝我々〟とやり合いたいというのなら、これ以上は止めないけどぉ、命は大事にするものよ？」

そのヴィナスの口調は、バッシュに話しかけるものと大きく違うものだった。

自分の戦闘力への圧倒的な自信に溢《あふ》れ、薄汚い泥棒猫を轢《ひ》き潰してやろうという意志が感じられた。

リーナー砂漠の撤退戦を生き残ったサキュバスは、そこらの雑兵とは違う。

本当の死地を乗り越えた、正真正銘の精鋭だ。

喧嘩《けんか》を売ってはいけない相手である。

「失礼しました！」

歩哨がシュンと小さくなり、生皮でも引き剝がすかのようにバッシュから視線をはずした。

ヴィナスはバッシュに振り向くと、真面目くさった顔で頭を下げた。

「申し訳ありません。みっともない所をお見せいたしまして。では参りましょうか」

「ああ」

そんなやり取りの後、建物の中へと入っていく。

「……随分と綺麗《きれい》だな」

建物の中は明るく、壁も床もピカピカに磨き抜かれていた。

つい先程までいた王宮と比較しても遜色ないほどの、いや、それどころか王宮よりも豪華な建材が使われ、丁寧な掃除がされているように見えた。

「食料の方々は、そうした方が住みやすいとのことでしたので」

「そういうものか?」

「はい。最初は隙間風の酷《ひど》いあばら家だったのですが、食料の方々の要望を聞き入れまして」

「ふむ」

思いだすのはオークの繁殖場だ。

ヒューマンやエルフは肉体が貧弱なため、ある程度柔らかい寝床を用意してある。

だが、日夜オークたちが押し寄せるそこは、清潔であるとは言い難《がた》いだろう。

無論、バッシュは中に入りまじまじと見たことがないため、詳細はわからないが……。

そういえば、旅に出る前には、繁殖奴隷たちから病人や死人が出始めている、という話を聞いたような気もする。

「オークも、繁殖奴隷にこうした建物を用意した方がいいのだろうな」

「オークの繁殖奴隷がどういった感じかはわかりませんが、少なくともここの食料達は、この建物が出来てから長生きをするようになりましたよ。ただ、やはりサキュバスの〝食事〟は体力を使うらしく、病気になる者や亡《な》くなる者はいなくならないのですが……」

ヴィナスはそう言いつつ、階段を上っていく。

二階に上がると、そこはバルコニーのようになっており、眼下には広間が見えた。

広間には、大勢のサキュバスたちが並んでいた。

まるで、この国のサキュバスの大半がここにいるかのような光景であった。

彼女らの誰もがサキュバスらしい薄着で、体のラインがしっかりとわかった。

胸の大きな者、尻の大きな者、バッシュとしては眼福な光景であったが、ほとんどは痩せこけ、目だけがギラギラと輝いていた。

「皆、痩せているな」

「食糧難ですので……彼女らの中には、食事が一ヶ月ぶりという者も少なくありません」

「他の種族の食物ではだめなのか？」

「多少は食べられはしますが、やはり男性からの食事がなければ、いずれ死を迎えます」

ヴィナスは苦々しい顔でそう言うと、バルコニーを抜け、三階への階段を上っていった。

何人かのサキュバスはバッシュに気づき、よだれを垂らしていたが、バッシュは気にせず、ヴィナスを追うことにした。

■

連れてこられたのは、一つの部屋だった。

そこには軍服を着た一人のサキュバスが立っていた。

床に大きなガラスが張られており、その縁には呪術的な文様が刻まれ、光を放っていた。

「ヴィナス中尉だ。先刻通知した通り、『オーク英雄』バッシュ様がご視察に見えた！お前はそのまま任務を遂行せよ」

「ハッ！」

サキュバスは目を丸くしてバッシュを凝視していたが、すぐに床のガラスへと視線を戻した。

「ここから、〝食事〟の様子を見ることができます。向こうからは見えませんので、ご安心を」

「なぜこんなものを？」

「食事で吸いすぎて殺してしまう者もいますので、その対策です」

「自制はできないのか？」

「本能ですから、本人が望んでいなくとも、ついやってしまうというのは、誰にでもあり得ることなのです。誰かが止めてあげなければなりません」

「なるほどな」

あらゆる種族にとって、捕食活動というのは、相手の命を奪う行為にあたる。

だがサキュバスは、相手を殺さずに捕食を行うことが可能だ。

さながらヒューマンが家畜から乳を搾るように、男から精を搾るのだ。

家畜と違うのは、搾りすぎるとあっさりと男が死んでしまうことか。

戦争中と違い、今は人間を簡単に殺していい時代ではない。

追加の家畜は無い。家畜を殺せば、次に死ぬのは自分なのだ。

サキュバスは細心の注意を払って〝食料〟の管理を行っているのだろう。

だが……。

「良かった。今日も〝食料〟は健康そうですね」

ガラスの下にいたのは、ヒューマンの男性のようだった。

当然のように全裸だ。

（いや、ヒューマン……か？）

しかし、その姿はバッシュが見たどのヒューマンとも異なっていた。

肌の色が乳白色でなければ、ヒューマンというより、太ったオークに見えたかもしれない。

いや、オークですらあれほど太った者はいない。北の方の森に出るという魔獣トロールに近いだろうか。

トロールは二本足で立つ生物だが、体の大半が脂肪で出来ており、なんでも食べるせいかいつも口元が汚れ、オークですら顔をしかめるほどの悪臭を放っている。

部屋にいたヒューマンは、そんな生物に見えた。

「彼らには、十分な食事と睡眠を与えています。おかげで、ご覧のように丸々と太って健康的です」

〝食料〟は、当然のようにけだるげな感じで重そうな体をゆすりながら、部屋に設置してあるテーブルへと歩いていった。

そして、テーブルの上にある食料をぐちゃぐちゃと食い散らかし始めた。

食べ終わると、部屋の中央にあるベッドに横になり、うとうとと寝はじめてしまった。

仰向けに寝転がるその姿は、バッシュの目には奇妙に映った。

体は白いのに顔は全体的に赤黒く、目の下にはクマがある。

疲れたかのようにフーフーと息を吐いているのは、あるいは呼吸がしにくいのかもしれない。

（確かに健康的ではある、か……？）

戦争中、太れる者は健康で長生きする者が多かった。

対して、痩せている者は、長生きできない傾向にあった。

痩せていればすぐ病気になるし、怪我《けが》も治りにくい。体力も筋力も太っている者より低いため、戦闘で死にやすい。

だから、バッシュも「太っていることは健康の証《あかし》」ぐらいに思っていたが……。

どうにも、眼下に映る男は、そうは見えなかった。

むしろ死の気配すら見えているように感じた。

「あ、そろそろ〝食事〟の時間ですね」

ふと見ると、部屋に誰かが入ってくる所だった。

「……！」

とてつもなく魅力的な女だった。

サキュバスらしい肌の露出の多い衣類に、ウェーブの掛かった長い髪。

大きな胸に大きな尻。男であれば、誰しも彼女を押し倒し、己の子孫を残したいと思うだろう。

バッシュは男の方を見た。

ここからが大事だ。

この男は、この魅力的な女をどう抱くのか。

食料ということは、毎日のように女を抱いている男だ。それも一日に何人も。間違いなく経験豊富だろう。

今回はそれを見物し、参考にさせてもらうのが目的だ。

「では、失礼いたします」

「……おー」

その〝食事〟は、ほんの数分で終わった。

死体のように寝転がる男に、サキュバスが一方的に手を出した。

男は表情すら動かさなかった。

サキュバスが衣類を脱ぐのを、バッシュが食い入るように見つめていた時も、男はサキュバスをチラとも見ること無く、うつろな目で天井を見るだけ。

バッシュが「なぜ男は動かないんだ？」と思う暇《いとま》もなく、サキュバスによって淡々と〝作業〟が行われ、終わった。

サキュバスの方は大変興奮し、それを見ているバッシュも大変興奮したが、寝転がる男の方はそうではないらしく、最後まで顔色一つ変えず、まったく動くことはなかった。

「……男は、動かないのだな」

「そうですね。最初の頃は協力的であってくれる方もいたのですが、一月もするころには皆ああなります。やはり〝食べられる〟というのは重労働でしょうから、仕方のないことだと思います」

「サキュバス側も『魅了』は使わないのだな」

「？　当たり前でしょう？　使わずとも食事にありつけるのですから」

「そういうものか」

「魅了を掛けるのは、失礼な行為です。我々に〝食事〟を提供してくださっている〝食料〟の方々に礼を失した行為をするなど、ありえません」

ヴィナスはそう言い切って、ガラスの下へと視線を戻した。

部屋の中では、ちょうど二人目のサキュバスが入室し、〝食料〟へと歩み寄っているところだった。

バッシュはそれをじっと見ていたが、やはり男は動かず、サキュバスが一方的に精を吸って終わった。

正直な所、バッシュとしては期待はずれであった。

だが、考えてみれば当然のことであった。

男たちは、望んでここにきたわけではないのだ。

オークの繁殖場で、オークの子供を望んで産みたいと言う女は皆無だが、それと同じだ。

自分から積極的にサキュバスと荒々しい交尾を行おうとする者など、いるわけが無いのだ。

「ご覧の通り、食料の方々は日々を快適に過ごしていただいております。いかがですか？」

「ああ……」

いかがと言われても、バッシュとしては見たいものが見られなくて残念だ、という感じだ。

「な、なにか、ご不満な点でも⁉」

「いや、特にはない」

「と、当然、今後も我々は出来る限りのことはしていくつもりです！　例えば……ん？」

と、ヴィナスが眉をひそめた。

ガラスの下、部屋の中で異変があった。

二人目と交代するように入ってきて食事を行っていたサキュバスが、なにやらオロオロとうろたえていたのだ。

見れば、男はあおむけに寝転がったまま、白目をむき、口から泡をふいて痙攣《けいれん》していた。

「どうした⁉　吸いすぎか⁉」

ヴィナスが、とっさに近くにいたサキュバスに問いただす。

「いえ、まだ彼女は一口目です。〝彼〟の一日の限度には達していませんし、なにかの病気かも……」

　だが、そのサキュバスも、困惑しているばかりだ。

「病気かも、ではない！　ついてこい！」

「は、ハッ！」

　ヴィナスはそう言うと、部屋から飛び出していった。

　バッシュが階下を見ていると、すぐにヴィナスが部屋へと飛び込み、痙攣を続ける男に何かしらの魔法を掛け始めた。

　おそらく、回復魔法の類であろう。

　だが、それが手遅れであることは、バッシュにはわかった。

　男は今、確実に死のうとしていた。

　思い返せば、男からはなぜか死の気配がしていた。

「どうしたんすかね？」

「何者かに毒でも盛られたのかもしれんな」

「あー、確かにそういう死に方っすよね」

　オークは服毒によって死ぬことはまず無い。

　強力な胃を持つオークは、大抵の毒を消化することが出来るからだ。

だが、戦争中に毒で死んだ敵を見たことはある。そうした者は、ああして白目をむき、痙攣して死ぬものだ。

「お前の粉で治るか？」

「わかんないっすけど、試してみるっすか！　行くっすよ！」

「ああ」

ゼルはそう言うと、ヴィナスたちを追いかけるように階下へとおりていった。

■

結論から言うと、死にかけていた男はゼル粉によって一命をとりとめた。

現在、奴隷は施設内の医務室へと入れられて、様子を見ている状態だ。

バッシュたちは警備のサキュバスに連れられ、別室へと連れて行かれた。

そこで、ベッドのような柔らかいソファに座らされ、この施設の所長を名乗るサキュバスから頭を下げられていた。

「お恥ずかしいところをお見せしました。ですがご安心ください。〝食料〟の方々には十分な〝飼料〟を与えておりますし、二度とこのようなことは無いと断言します」

ニオンと名乗るそのサキュバスは、やはりバッシュには目の毒だった。

　彼女もやはりヴィナスらの身につけているようなダボついたサキュバス軍服に身を包んでいたが、驚くことに軍服の上からでも、胸部と臀部《でんぶ》が規格外に巨大であることがわかってしまったのだ。

　歩く、座る、頭を下げる、そんな些細《ささい》な動作だけでも巨大な質量が動いているのがわかってしまうのだ。

　ただ、このサキュバスの名について、バッシュには心当たりがあった。

『窒息のニオン』。

　彼女の出す桃色濃霧は非常に濃く、そのあまりの濃度ゆえ、相手は酸欠となり、動きを鈍らせる。

　面識は無かったが、戦場で見たことは一度だけだがある。

　当時のバッシュはまだ有名ではなく、ニオンはバッシュを見て「オークごときが、この私をジロジロ見ているんじゃないよ」と鼻で笑った。

　無論、ニオンは憶《おぼ》えていないだろうが……。

　そんな人物が頭を下げている状況は、バッシュとしても扱いかねた。

「俺に謝られてもな」

　バッシュはそう言うが、ニオンは決して頭を上げなかった。

ただひたすら「どうか」とか「平《ひら》に」と言うばかり。

ゼルだけは「そーっすよ！」とか「オレっちがいなければどうなっていたことか！」と相づちを打っているが、バッシュとしてはどうしていいかわからない。

しばらく腕を組んで彼女が頭を上げるのを待っていたが、らちが明きそうになかったため、視線をさまよわせる。

すると、隣に座っていたルドたちにピッタリと目が合った。

「あの、バッシュさん」

「うん？」

「この人はこう言ってますけど、いい飯を食わせるだけだったら、今回みたいなこと、また起こると思います」

そう言うと、ニオンがバッと顔を上げた。

その顔には強い怒りと憤《いきどお》り、余計なことを言うなと言わんばかりの強い感情が覗《のぞ》いていた。

「あ、あらぁ？　お坊ちゃんは、たしかバッシュ様のお弟子さんということだったけど、口のきき方は習わなかったのかしらぁ？」

「はい、習っていません」

バッシュも教えていないのである。

「そーお？　じゃあどうして同じことが起こると思うのか、説明してほしいわぁ？」

適当な発言だったら殺す。

そう目に書いてあった。

戦場での彼女を知る者であれば、その瞬間に口をつぐんでしまっただろう。

ただ、ルドはそれを察することは出来なかった。

思い出すかのように顎に手を当て、ポツポツと語り始める。

「オーガの国でも、似たようなことがあったんです。戦争が終わって、身内同士で争うのも違うからってさ、戦時中に偉かった奴《やつ》らが剣を捨てて、悠々自適な生活を始めて……食って寝て、女を抱いて、酒を飲んで……オーガはデーモンやサキュバスほど冷遇されてなかったし、食料にも困って無かったから、それでも暮らしていけたんです」

「ふーん？　羨ましい話ねぇ？　私もそういう暮らしをしてみたいわぁ」

「そしたら、二年ぐらいした頃かな？　祭りで酒飲んでる時に、一人が倒れて、そのまま死んだんです。オレ、近くにいたからわかったけど、死体が不気味で……溺死体みたいにブクブクになってて、誰かに呪われたのかもしれないって話題になったんですよ。で、よく見れば、将軍の内、何人かも似たような見た目になって、話を聞いてみたら、疲れやすかったり、眠くなりやすかったり、膝が痛くなってきたりしてるって言うから、やっぱり呪いじゃないかって」

「……下手人は見つかったの？」

ニオンはいつしかソファに座り、肘を肘掛けに乗せ、ややけだるげでセクシーな姿勢になりつつ、据わった目つきでルドを見ていた。

先程よりも殺気が濃くなり、さすがのルドも気づいたのか、彼女から視線をそらした。

あるいは、テーブルに載せられた大きな質量に目が吸い寄せられたからかもしれないが。

「い、いえ……結局はただ、修行不足が原因だろうってことになって、族長が『弛《たる》んどる！』って一声上げて……その後はよく……」

「はン」

ニオンが鼻で笑うと、周囲に若干ながら甘い匂いが漏れた。

バッシュとルドが同時に膝をすり合わせた。

「ちょっと修行しただけで病気が治るわけが無いでしょう？　ほんと、オーガは脳まで筋肉で出来てて困るわぁ」

「で、でも、オレたちが国を出るまでに、同じような死に方をした奴はいなかったんですよ」

「だったら、死んだ奴が単に病気だったってだけでしょぉ？」

ニオンはため息を漏らしながら、脚を組み、肘を膝において顎を手に乗せた。

組んだ脚の隙間から覗く深淵《しんえん》が、バッシュとルドの視線を吸引する。

と、そこでニオンの視線が戻った。

バッシュの方にだ。

ニオンは数秒ほど停止した後、またピシリと音がしそうな姿勢へと戻った。

「失礼しました。若造に口を出され、つい……」

「構わん。お前が若造に舐《な》められるような戦士《ウォーリア》でないことは、俺もよく知っている」

「えっ、あ、そうなのですか……そう、思ってもらえているのは、その、光栄です」

「だがお前の態度を見る限り、あの死に方は、今に始まったことではないな？」

「……………はい」

ニオンはそう言うと、観念したかのように語ってくれた。

最初の一年は、〝食料〟の扱いがわかっておらず、吸いすぎたり、栄養不足で死なせてしまったこと。

それから二年掛けて〝飼料〟の安定供給や、快適な環境作りに努めてきたこと。

その甲斐《かい》あってか〝食料〟たちは丸々と太り、不満を言うこともなくなり、一日の担当人数も増加していった。

だが、今年になって一部の〝食料〟の顔色が悪くなっていることに気づいたという。

サキュバスたちは、連日の〝食事〟が〝食料〟の体力を奪っていると考え、できるだけ〝食料〟たちを動かさずに〝食事〟を済ませるなどの工夫を凝らしたが、ダメだった。

〝食料〟たちの顔色は悪くなる一方で、今回のような突然死もポツポツと出始めたということだ。

まるで疫病に侵された最前線のような有様《ありさま》で、さりとてサキュバスたちに伝染するわけでもなく、〝食事〟を休ませようにも、すでに一日の担当人数は、国民が餓死しないギリギリまで絞っている。

これ以上打つ手はなく、困り果てている所だという。

「せめて、〝食料〟の追加があれば、今の方々も十分な休息を取ることができると思うのですが……」

チラリとバッシュを見て、言外に「増員があれば現状も打破できる」と伝えていく。

だが、無論バッシュにその意図が伝わるはずもなかった。

「増援が期待できないのであれば、今ある戦力でなんとかするしかあるまい」

「……ですよね」

「オークは病気知らずだ。病気についてはわからん。だがオーガがそうして治しているというのなら、試してみるのも良《い》いのではないか？」

「そう、ですか……？　ですが、呪いだった場合は効果が無いのでは？」

「むぅ……」

と、そこでテーブルの上で仁王立ちしつつ、相《あい》づちだけ打っていたゼルが、バッシュを振り返った。

「いや、オレっちの粉は呪いの類には効かないっすから。治ってる時点で怪我《けが》か病気っすよ」

ではなんだろう。

と、その場にいる全員が首をかしげた所で、部屋の扉がノックされた。

入ってきたのは、警備員たちと一緒に施設を見回ってきたヴィナスだった。

「ニオン施設長、現在体調を崩していた子たちぃ……コホン、現在体調を崩していた数名に妖精の粉を散布、あるいは飲用してもらった所、すべての者に劇的な改善が見られました」

「詳しく話しなさい」

「ハッ、まず顔色が良くなり、全身の倦怠《けんたい》感や、膝や腰などの節々の痛みが消え、視界がスッキリしたと。口々に『昔に戻ったみたいだ』と言っておられました。中には元気になったので、すぐにでも〝食事〟に協力したいと申し出る者もいました」

「そう、それで？」

「自分他、職員が試食してみた所、まるで施設に到着したばかりの頃のように元気になっておりました」

見ると、ヴィナスの顔はかなりツヤツヤしていた。

どうやら相伴に与《あずか》ったのだろう。

「……なるほど、でも病気が妖精の粉で治っただけだというのなら、再発はありうるわねえ」

ニオンは難しい顔をしていたが、やがて意を決したようにうなずいた。

「効果はあると思えないけど、原因がわからない以上、オーガの策を試してみるのも一考の価値ありかしら……」

苦肉の策だとわかりつつも、他に案が無い以上、まずは試すしかない。

ニオンはそう考え、バッシュの方に顔を向けた。

「バッシュ様、もうしばらくここに逗留《とうりゅう》し、結果を見届けていただければ幸いです」

「いや、やはり俺はこの国を出……」

バッシュとしては、正直もうすぐに出立したい所である。

目的のものが見られないと判明したのだから、ここにいる理由がない。

「そんな！　必ずや結果を出してみせますので！　どうかお願いいたします！　もう少しだけチャンスを！」

「……ああ、わかった」

しかし、巨大な胸の谷間をぐいっと近づけられて説得されては、為《な》すすべも無いのであった。

7. サキュバス・ブート・キャンプ

『手練手管のローウェイン』

彼はかつてヒューマンの兵士だった。

農村の出身で、その二つ名の表す通り、手先が異様に器用な男だった。

戦争中は工作部隊に所属し、脱出路の爆破や仕掛けられた罠《わな》の解除に始まり、野営地の設営から道や橋の建設まで、裏方としてあらゆる作戦に従事した。戦闘に参加したことはあるが、裏方であったこともあって敵将の首を挙げたことはなかった。

そのためか、戦功に応じてもらえるはずだった褒賞《ほうしょう》金は雀《すずめ》の涙だった。

生まれ故郷の村はとっくに瓦礫《がれき》の山。手先は器用だったが、さして礼儀正しいというわけでもなく、すぐに上司と衝突することもあってか、仕事にも困る。

兵士だったヒューマンの戦後の有様として、それほど珍しいものではない。

ある者はなんとか仕事を見つけて食いつなぎ、ある者は国を出て他国で仕事を探したが、そうでない者は犯罪に手を染めることとなった。

食うに困って犯罪に手を染めざるを得なかった、と言うべきか。

ローウェインはこそ泥となった。

金を持ってそうな家に入り、金目のものを盗んで売っぱらう泥棒に。

まぁ、戦後に大量に出現した犯罪者の中でも、そこそこ稼げる部類だっただろう。

運が悪かったのは、ある日入った家がやんごとなきお方の愛人の家だった、という事か。

しかも、やんごとなきお方は愛人とイケナイコトの真っ最中。

やんごとなきお方の護衛は名のある騎士で、ローウェインをあっさりと捕縛した。

本来なら、泥棒が捕まった程度なら、牢屋《ろうや》に何ヶ月かぶち込まれるだけだ。

その間は、少なくとも飯と寝床の心配はしなくていい。

牢屋は、ローウェインのような者たちの最後の避難場所なのだ。

だが、見てはいけないものを見てしまったローウェインは、違った。

八百長《やおちょう》じみた裁判の末、死罪となった。

運が良かったのは、現在の死刑法が『サキュバス送り』だった件だろう。

サキュバスの国に送られ、そこで〝食料〟となるのだ。

当時のローウェインは絶望していた。

戦場でサキュバスに捕まった男の話は聞いていたからだ。彼は、サキュバスから奪った砦《とりで》の再建をした時に死体も見たことがあった。地下の牢獄《ろうごく》に雑多に積まれていたそれは、最初は死体だとはわからなかった。

豚肉かなにかの干物に見えたのだ。

それがミイラのように干からびた人間の姿だと知った時、サキュバスの容姿とのギャップも相まって、サキュバスが死ぬほど恐ろしい存在に思えた。

自分はあの干物のように死ぬ。

そう思えば、目の前が真っ暗になった。

実際、サキュバスの国に〝食料〟として送られてからの数ヶ月は死ぬと思った。

毎日、数人のサキュバスたちがローウェインを押さえつけ、赤い瞳を爛々《らんらん》と輝かせながら甘い言葉をささやき、次々と搾り取っていくのだ。

確かに発狂しそうなほどの快楽はあった。

だがそこは、間違いなく地獄だった。

近い内に絶対に死ぬと思ったし、実際にローウェインと同じ時期に送られた〝食料〟の何人かは半年もしない内に死んだ。

しかし、ある時から天国になった。

部屋は王侯貴族でも住むのかというほど広い空間となり、むき出しの石畳だった床は沈んでしまいそうな絨毯《じゅうたん》に変わり、粗末な麻布を敷いただけの寝床はフワフワのベッドに、部屋には高そうなテーブルと椅子まで備え付けられ、テーブルには食べ切れないほどの食事が並んでいた。

食事は豪勢かつ食べ放題だ。

味付けについては、少々濃すぎると感じたが、ロクに食えていなかった今までに比べれば文句など出てくるはずもない。

サキュバスへの〝食事〟も、一度に来るサキュバスは一人となり、『魅了』も掛けられなくなった。

正気を保ったまま、サキュバスを逆に押し倒し好き放題できるのだ。あのサキュバスをだ。相手のサキュバスはというと、やたらと事務的な対応だったが、当時はそんな状況に非常に興奮したりもした。

そうして三年。食って寝て、一定間隔毎《ごと》に来るサキュバスに体を貪られる。

最初の頃こそ良かったその生活も、ずっと続ければ飽きてくる。ついでに言えば、体は激太りし、体調の方もかなり悪くなりつつあった。

太らされ、毎日事務的に搾られる。

まるで家畜だった。いや、家畜そのものだった。

重く鈍くなる体を抱え、言いしれぬ不調に体が苛《さいな》まれていた時は、そういえばこれは

『死刑』だったことを思い出した。

自分はもう、人間ではないのだ。

サキュバスの〝食事〟の最中に急に胸が苦しくなった時は、その瞬間が来たと思った。

しかし、生き残った。

気がつけば、己に充《あ》てがわれたベッドよりもかなり粗末なベッドの上で、数名のサキュバスとフェアリーが飛んでいた。

どうやら、フェアリーが妖精の粉を使い、自分を助けてくれたらしい。

フェアリーやサキュバスの話は要領を得なかったが、どうやら今、この国に『オーク英雄』が来ているらしく、彼の一声で助けられたらしいということはわかった。

『オーク英雄』バッシュ。その姿を見たのは、ただ一度。

忘れもしない、レミアム高地での決戦だ。

ローウェインは、ヒューマンの陣地にいた。

そこで見たのは、巨大なドラゴンと戦う、一人のオークの姿だった。

その場にいた誰もが、その人智《じんち》を超える戦いを目《ま》の当たりにし、あんぐりと口を開けていた。

オークがドラゴンを倒した時には、胸の奥底に言いしれぬ興奮を覚えていたものだ。

とんでもないものを目にしてしまった、と。

敵が勝ったにも拘《かか》わらず、そう思ったのだ。

そんなオークが、サキュバスの国にきて、しかもサキュバスが畏《かしこ》まっている。

あのサキュバスが、男に対して襲うでも誘惑するでもなく、畏まっているのだ。

その上で、サキュバスの〝食料〟なんかを貴重な妖精の粉を使ってまで助けてくれる。

馬鹿で臭いオークも『英雄』ともなると違うのだなと思った。

そんなことがあった翌日のことだ。

ローウェインら〝食料〟は、三年ぶりに外へと連れ出された。

久しぶりに陽《ひ》の光を浴びたローウェインは、その日久しぶりに他の〝食料〟を見た。

自分と同じようにでっぷりと太り、不健康そうな顔をした彼らは、太陽を眩《まぶ》しそうに眺めていた。

自分一人ならまだしも、なぜこんな大勢を、と疑問に思うが、どうやら誰もその理由がわかってはいないようだった。

ただ、ローウェインたちが連れて行かれた場所では、これまた地獄のような光景が繰り広げられていた。

「はぁ……はぁ……オエッ……ゲホッ、ゲホッ……」

オーガの少年がオークにひたすら蹴り飛ばされ、逃げ回っているのだ。

少年が何をしでかしたのか知らないが、オークをよほど怒らせたのは間違いない。

少年の表情に張り付いていたのは、死への恐怖だ。

「おい、あれ、『オーク英雄』だ」

誰かが言い出したことで、少年を追いかけ回しているオークの正体がわかった。

確かにそうだ。ていうか、こんな所にいるオークは他にいまい。

そう思った瞬間、ローウェインの脳裏にかつての戦いの記憶が蘇《よみがえ》り、背筋にムカデでも放り込まれたような怖気《おぞけ》が立った。

とんでもない化け物がいる。

それも、なんでか怒り狂って、少年を蹴り飛ばしている。

「もしかして俺たち……」

それは、誰もが薄々考えていたことだった。

最近、自分たちは昔に比べて体力が落ちた。

〝食事〟も回数をこなせなくなり、心なしか不満げにしているサキュバスも増えた。

昨日は妖精の粉のお陰で一時的に元気を取り戻したが、あんなものは一時的なものだろう。

農家で、乳を搾れなくなった牛をどうするか。

答えは明白だ。

もっとも、サキュバスは肉を食わない。しかし噂《うわさ》によると、オークは人肉も食うらしい。

得心がいった。

ああ、だから、俺たちを太らせたのか。

「皆様には、これから広場を何周かしていただきますので、付いてきてください」

〝食料〟たちを広場につれてきたサキュバスはそう宣言した。

とても、申し訳無さそうな声音だった。

だから確信した。きっとこれはテストなのだ、と。ここで付いていけないようなら、老いた家畜として処分されるのだ、と。そして干し肉か何かにされ、オークに食われるのだ。

嫌だった。

死にたくなかった。

「無理はしないでいいですからね。さぁ行きますよー」

ローウェインは全力で走った。

体は重く、膝はギシギシと軋《きし》み、肺は一瞬で悲鳴を上げた。

それでも昨日飲んだ妖精の粉のお陰か、なんとか走ることが出来た。

そして、ローウェインに触発されたのか、あるいはローウェインと同じ結論に至ったのか、ローウェインと同じように必死に走り出した者がいた。

一人が走り出せば二人が、二人が走り出せば四人が。

誰かが「そうしなければヤバイ」と察知した結果、全員が全力で走り始めたのだ。

オーガの少年がなぜ追いかけられているのかという点について、深く考える者はいなかった。

ただ、オーガの少年の必死の形相は、三年間怠惰に過ごし続けていた者たちに危機感と恐怖心を思い出させるのに十分だった。

走らない者はいなかった。

誰もが懸命に足を動かした。

倒れれば「自分はまだやれる！　まだ走れるんだ！」と叫び、重い体に鞭《むち》を打って立ち上がり、立ち上がれない者は這《は》ってでも動き続けた。

自分たちは食って寝て、女を抱いて、そんな毎日を送っている。

貴族のような生活だ。幸せだった。男の身に生まれたことを心の底から感謝した。女に生まれたなら、オークの繁殖奴隷になっていただろうから。

が、家畜は家畜だ。

不要になれば処分される。

死にたい者などいない。あの戦いを生き延びたのだから、もっと長く生きていたい。

できるだけ長く……。

そんな本能に突き動かされながら、男たちは走り続けたのだった。

■

「〝食料〟の皆様、とても喜んでいらっしゃいました！　本日は試しに少しだけ走っていただくつもりだったのですが、皆様もっともっと走りたいと申されていまして！　訓練が終わった後も、いつもより顔色がよくなっているように感じました。皆様どことなく達成感のある、満足げな顔をされていまして」

「ふぅん、病気の再発防止にどれほどの効果があるかと思ったけどぉ……喜んでいるなら、定期的に続けてもらってもいいわねぇ～」

「ただ、訓練に充てている時間の分、〝食事〟回数が減っているので、不満も出てきそうですが」

「このままだともっと減っちゃうんだから、我慢してもらうしか無いわね……」

部下ニオンからの報告を聞き、カーリーケールはそう嘯《うそぶ》いた。

なにせ、数に限りがある大切な食料だ。

怪我《けが》をしてもらっては困るが、気分を良くしてもらえるなら、それに越したことはなかった。

「同じ場所で、バッシュ様がお弟子様に訓練を施していらしたのですが、それを見て奮起されている方もいましたね。体力的にもう限界であるにも拘《かか》わらず、自分はまだやれるとアピールされていました」

「バッシュ様は戦争の英雄ですものねぇ。四種族同盟の兵であっても、訓練で良《い》い所を見せたいと思うのは当然でしょう……それで、バッシュ様はお弟子様にどんな訓練を？」

「女王様も気になるのですね？」

「当たり前でしょ？　妾《わらわ》だって受けてみたいぐらいですもの」

カーリーケールはクスクスと妖艶《ようえん》に笑い、ニオンは肩をすくめた。

「自分の見た所、技術的なものよりは、体力と根性を付ける訓練をされていましたね。具体的には、倒れるまで蹴って走らせていました」

「随分と実戦的なのね？」

「そうですね。戦場では走れなくなった者から死にますから……」

「リーナー砂漠を思い出すわね。あれは本当に、そんな戦場だったものね。魔術も武術も関係なく、ただ体力があって、心の強い者が生き残って……」

「自分はリーナー砂漠の撤退戦には参加していませんが、〝食料〟の教官を志願した者はリーナー砂漠の生還者で、当時、彼に蹴り飛ばされ、走れと命令されたことを思い出し、よだれが出てしまったそうですね」

「バッシュ様を食料視するなんてイケナイ子ね。でも罰はいいわ。妾だってその場にいたらきっとそうなっていたもの」

「寛大なことです」

そう言いつつも罰を与えようと言い出さないのは、ニオンもまたバッシュの色香を知っているからだ。

応接室で一度会っただけだが、ニオンにはバッシュの全身がむちむちと音を立てているように見えた。分厚い胸板は飛び込んでこいと言わんばかりだったし、大股を開いた座り方など、完全に誘われていると感じたほどだ。

頭を下げていなければ、意識を持っていかれてしまったかもしれない。

「いずれにせよ、バッシュ様に、このままサキュバスの国に滞在し続けていただくのはよくありませんね。誰かが我慢できなくなってしまうでしょう」

「そうね。妾としては永久にいてほしいけれど……」

「女王自らサキュバスの誇りを地に落とそうとしないでいただきたい」

二人はなんとも言えぬ苦笑いをして、視線を交わしあった。

そこでふと、ニオンは窓の外を見た。

暗い空には、星ひとつ見えない。

「あ」

と、カーリーケールは一つの事実に思い至る。

「食料の方々が訓練し、バッシュ様とお弟子さんも訓練しているのに、我らサキュバスが見ているだけというのは、バッシュ様に怠惰だと思われないかしら？」

「それは……確かに……軍事演習でもしますか？」

「そんなことをしたら、サキュバスが戦争の準備をしてるぅ、なぁんて取られかねないわ。ひとまずは彼らと同じように、ちょっと走るだけよ」

「女王だけを走らせるわけにはまいりません。お供します。それに、何人か志願者も募りましょう」

「ふふ、よろしくね」

こうして、カーリーケールのジョギングが決まった。

「誰か」

ニオンは己の事務室へと戻ると、部下を呼びつけた。

「明日、女王様がバッシュの訓練に合わせてジョギングをします。当然、我々も走るべきでしょう。その他、志願者を募るよう」

「ハッ」

そんな短いやり取りで、部下は頷《うなず》き部屋を出ていった。

ニオンはそれを見て一安心だと椅子に座り直した。

これが不幸の始まりだった。

■

翌日、バッシュは素晴らしい光景を目にしていた。

女だ。

目の前の広場を、女が群れをなして走っているのだ。

ただサキュバスであるが、とにかく女だ。

その先頭にいるのは、サキュバスの中のサキュバス、サキュバス女王カーリーケール。

彼女に付き従うように、百人近いサキュバスが走っている。

ただ走っているだけならば、バッシュもそれを素晴らしいなどと思わなかったろう。

サキュバスは、民族衣装として肌が露出した服を身に着けている。

レザーで、ピッチリと体にフィットした、運動のしやすそうな服装だ。

ゆえに走ると、揺れる箇所がある。

大きく揺れるのは主に二か所で、片方は髪、そうしてもう片方は言わずもがな。

バッシュが手にしたくてたまらない箇所であった。

そんなものが目の前でぶるんぶるんと揺れつつ、次々と通過していく。

そう、一つだけではない。様々な大きさ、形のものが多種多様に揺れながら、通過していくのだ。

なんと素晴らしい景色なのだろうか。思わずルドを蹴る足が止まるほど、バッシュは感動を覚えていた。

しかしながら、サキュバスの集団が後方に近づくにつれて、バッシュの表情が引き締まる。

最後尾集団は、若いサキュバスたちであった。

ガリガリの体を引きずるように前に出し、真っ青な顔で、陸に上がった魚のように口をパクパクさせ、殺気立った目で前方をにらみつけながら、なんとか女王たちに追従している。

そんな彼女らは、バッシュの前を通る時だけ、視線がバッシュとルドの方を向いた。

ギラついた目はバッシュの股間にくぎ付けで、口元は笑みで歪《ゆが》み、舌は乾いた唇を舐《な》めまわす。

バッシュですら、思わず身の危険を感じてしまうほどの欲を感じる瞬間だった。

通過してもなお、顔だけはバッシュの方に向けたまま、首の曲がる限界までバッシュを視界に入れたまま走り、通過しきると惜しむように前を向く。

そんな女王の異様なジョギングは、広場を軽く五十周ほどした後、終了した。

女王とその側近たちはタオルを片手に「いい汗かいた」などと言いつつ、王宮の方へと戻っていく。

その他も三々五々、己の持ち場に戻っていく。

最後尾のサキュバスたちだけが、広場に残された。

今にも死にそうな体を地面に横たえて、カヒュウ、カヒュウと虫の息。

その全員が、ギラついた目をしていた。どこを見ているかは各々《おのおの》違った。空を見る者、地を見る者、女王が去っていった方を見る者、建物を見る者……でも全員が、同じ目をしていた。

彼女らはやがて、ゆっくりと立ち上がり、申し合わせたようにバッシュの方を見て、ゆっくりと近づいてこようとした。

しかし、すぐにヴィナスが立ちふさがった。

ヴィナスが彼女らをひと睨《にら》みすると、若いサキュバスたちは小さな舌打ちと共に、バッシュから背を向け、広場を後にしていった。

ヴィナスはそれを見届けた後、バッシュへと振り返った。

「いかがでしたでしょうか？」

そんなこと言われてもバッシュとしては「なんだったんだ？」という感じであるが、しかし眼福であったのは事実だ。

「うむ。悪くない」

その言葉に、ヴィナスは女王の思惑が通じたと考え、にこりと頷くのだった。

■

久しぶりにいい汗をかき、バッシュへのアピールも成功したカーリーケールは、王宮へと戻ってきた。

一つの作戦が成功し、心持ち気持ちも和らいだ。

これでいい景色でも拝めれば気も晴れるのであるが、窓の外は相変わらずの曇天。結界の外では豪雨が降り注いでいることだろう。

ニオンは窓辺に立つ女王の隣に立った。

その瞳に映るのは、女王と同じく、曇天である。

「女王様」

「なぁに？」

「私の部下も、この雨が止《や》まないことに、不安を覚えています」

「そうね……わかっているわ……」

「私にも、話せないことですか？」

ニオンとカーリーケールは、ほぼ同期だ。

カーリーケールがまだ女王と呼ばれていない内から、戦場を共にした戦友でもある。

カーリーケールが最も信頼をおいているサキュバスの一人といっても過言ではないだろう。

「いいえ、本当に原因がわからないの。ただ……」

「ただ？」

「関係あるかわからないけど、聖域の守護隊と、連絡が取れないわ」

「……偵察は？」

「当然、念の為《ため》と思って一小隊を送り込んだけど……帰ってこないわ。多分、全滅ね」

「小隊が全滅⁉　まさか、キャロットの仕業ですか？」

「いいえ。乱心したとしても、あの子が聖域に手を出すはずがないわ。聖域がサキュバスにとって大事な所だって、誰よりも知っているはずだもの」

「では、誰が？」

「下手人の正体は不明だけど、今、この国が攻撃を受けているのは間違いないわね」

カーリーケールの言葉には、底冷えするような寒さと殺意が含まれていた。

ニオンはその声音に懐《なつ》かしさを覚えつつ、平然と対応する。

慣れたものである。

「陛下、もし心配でしたら、私が参りましょうか？　聖域の守備隊を蹴散らせるような敵とあらば、相応の手練《てだ》れが必要でしょう？」

「〝食堂〟の方はいいの？」

「そちらは、部下にも任せられますから」

「ニオン……そうね、そう言ってくれるなら、あなたに〝討伐隊〟をまかせてもいいかしら？」

「仰《おお》せのままに」

結界に守られた王宮に音は無い。

静かな夜だった。

8. 雨の中の女戦士

その場所は、森の奥深くにある。

サキュバスの首都から約半日。

巧妙に、かつ多重に掛けられた結界は、森の中で方向を見失わせ、多くのものは決してその場所にたどり着くことはできない。

ただ迷うことは無い。人は必ず首都の方向へと導かれる。

ゆえに、戦争が終わってなお、サキュバスはその場所を、他種族に知られずにいた。

まぁ、知っていた所で、他種族も特に何かをするというわけでもなかっただろうが。

サキュバス達はその場所を『聖域』と呼んでいた。

ビースト族のように周囲に町を作り、祭り上げているわけではない。

ただ多重に張られた結界により隠され、護《まも》られていた。

他種族の者は、そこにサキュバスの聖域があることはもちろん、結界が張られていることすら知らないだろう。

あるいは年若いサキュバスにも、聖域の存在すら知らぬ者はいるかもしれない。

だが、そこには確かにサキュバスが長年守り、信仰してきた何かがあった。

そんな場所に、一人の女がいた。

「貴様……」

聖域は、今もなお静かにそこに存在していた。

だが、その地面は血に濡《ぬ》れ、結界は最後の一枚を除き、全てが光を失っていた。

そして、幾人ものサキュバスが、躯《むくろ》となって転がっていた。

「何者だ……？」

倒れたサキュバスは、誰もが名のしれた戦士だった。

平和になった世で、自由よりも国への従事を選んだ者たちだった。

そんなサキュバスたちが、無残にも転がっていた。

最後に残ったサキュバスは、聖域の前にはられた最後の結界——物理的に侵入を阻《はば》む類の結界の中で、その所業を為《な》した者を睨みつけていた。

それは女だ。

恐らくヒューマンだが、不気味な風体だった。顔の八割は隠され、目元だけが覗《のぞ》いている。立ち姿は飄々《ひょうひょう》としているが、どこか隙が無い。

彼女はサキュバスたちの問いに、軽い口調で返していく。

「答える義理は無いのだが、君たちの献身に頭が下がるから教えよう。……といっても、私はすでに名を失っていてね。かつての名を名乗る気も無いから、そこは勘弁してくれ。ただ目的だけを話すなら、君たちの聖域から力を得て、それを使って復讐《ふくしゅう》じみたものをしたいというだけさ」

「力……？」

「知らないのかい？　いや、かくいう私も最近まで知らなかったのだけど、この大陸の各地には、力の集まる場所があって、その力を集めれば奇跡を起こせるらしいんだ。奇跡というと曖昧だけど、まぁ、何でもできるらしいよ。例えば」

女の飄々とした口調が、少しトーンを落とした。

「死者を蘇《よみがえ》らせたりとか」

その言葉に、サキュバスの戦士たちの中で、最も強き者が身震いをした。

「ゲディグズを復活させるつもりなのね？」

「察しがいいね。その通りだ」

「あなたはヒューマンよね？　どうしてそんなことをするの？　今はヒューマンの天下で

しょう？　エルフだってドワーフだって、ヒューマンには頭が上がらない。なのにな

ぜ？」

「復讐だと言っただろう？　私はヒューマンだが、ヒューマン側の人間じゃないってこと

さ」

「あなたほどの剣士が……？　戦場ではさぞかし多大な戦功を上げたでしょうに？」

「ああ、まったくおかしな話さ。ヒューマンは馬鹿なんだよ」

やれやれと肩をすくめ、女戦士は首を振る。

「さて、無駄話は終わりにしよう。サキュバスの戦士」

「……」

「普通ならここで、結界を解くなら命だけは助けてやると言う所だけど、こう見えてサキュバスのことは好きなんだ。その誇りを傷つけるような真似《まね》はしない。君たちの誇りを傷つけぬよう、戦士としてきちんと皆殺しにしてあげよう」

「この行為そのものが、誇りを傷つけているとは思わないのねぇ？」

「思わないさ。むしろ私の願望が成就《じょうじゅ》すれば、君たちは誇りを取り戻せる。さぁ、構えたまえよ」

その言葉に、サキュバスは応える。

拳を前に出し、赤い瞳を爛々《らんらん》と、周囲に籠もるは桃色濃霧。

女に効かぬとわかっていながらも、戦意を高めて霧を出す。

「……私はサキュバス女王国・第二大隊副総指揮。『窒息』のニオン」

「本当にすまないが、名乗る名前はない」

女は剣を構える。

一応と言わんばかりのその構えは、ニオンの神経を逆撫《さかな》でする。

だが、力量差を考えれば、それも仕方のないことなのかもしれない。

ニオンは、勝てないとわかっていた。女は、とてつもなく強かった。ニオンの集めた精鋭が、かすり傷一つ負わせられなかった。

「では、さようなら」

ニオンの視界が、一筋の光を見た。

斬撃の軌道はまるで見えず、ただ熱さだけを首に感じた。

「……ッ。カーリー、ごめん……ニオ、陛下を……」

死を確信したニオンの脳裏にあったのは、敬愛する女王と、その側近として働く妹の姿だった。

ニオンの視界は闇へと落ちていき、彼女はサキュバスとしての長い人生を終えた。

「……ふー」

死体の山の中で、女が息をつきながら髪をかきあげた。

握った剣についた血糊《ちのり》は、土砂降りの雨ですぐに洗い流されていく。

「さて」

女が取り出したのは、一本の鍵だった。

華美な装飾が施され、禍々《まがまが》しい光を放つ宝玉のついたそれは、一目で膨大な魔力の込められた品であるとわかっただろう。

彼女はそれを、最後の結界へと挿し込んだ。

差し込まれた場所からは禍々しい光がほとばしり……。

しかし、何かと拮抗《きっこう》するかのように不快な音を鳴り響かせた。

「……おや、すぐには開かないか」

女はそう言うと、もう一度肩をすくめつつ、結界の中に視線を送った。

結界の中には、まだ数名のサキュバスたちが残っていた。

最後の結界を維持するための術者たちだ。

「さすがサキュバスの結界といった所かな？　結界破りの魔鍵をもってしても、かなり時間が掛かりそうだ」

「……」

「とはいえ、この魔鍵は絶対だ。なにせデーモンの国宝だ。破れるのも時間の問題だ。そこで提案なんだが、さっさとこの結界を解除してくれないものかな。君たちは何日もそこから出ていない。空腹で気が狂いそうだろう？　苦しみを味わいつづけるより、さっさと出てきて戦った方が、お互いのためだと思うんだ」

結界の中に籠もるサキュバスたちは知っている。

目の前で死んでいるのは、誰もが名のある歴戦の戦士たちだ。

それが、無残にも殺されていった。女相手に、指一本ふれることなく、圧倒的な剣技によって切り伏せられていった。

ゆえに理解している。

女はこう言っているのだ。

「苦しませずに殺してやるから、さっさと出てこい」と。

残ったサキュバスたちの使命は、聖域を守ること。

空腹なのは確かだが、それを理由に己の職務を放り出すわけもない。

ただ、ここは耐え忍び、再度の援軍を待つしかなかった。

「……次の援軍を待つということかい？　やれやれ、サキュバスはもっと勇敢だと思っていたんだが、期待外れだな」

女のあからさまな挑発に乗ることはない。

「結界が解けるのが先か、援軍が先かと、そう思っているのかもしれないけど……断言しよう。そうはならない。君たちは今、無駄に苦しい時間を過ごしている」

サキュバスたちの心中に広がる不安を感じ取ってか、女はそう言う。

それでもサキュバスは動かない。

動けるわけもなかった。

「まあ、私はそれでもいいのだけどね。何度もいうが、時間の問題なのだから……」

その言葉はサキュバスたちに届くものの、雨の音にかき消され、森の中へと消えていく。

声を聴くものは、誰もいない。

「あなた、本当にゲディグズ様を復活させられるなんて、そう思っているの？」

ポツリとつぶやいたのは、結界内のサキュバスだった。

それを聞いて、女は笑う。

「ああ、思っているよ」

「死者を蘇らせるなんて、荒唐無稽よ？」

「私もそう思う。実際、死んだ人間を復活させるためには、人智《じんち》を超える莫大《ばくだい》な力が必要になるらしいからね」

「なら」

「でも、それだけの力をこの大地は持っている」

女は語りだす、サキュバスたちを説得するような口調で、サキュバスたちを説得する気などさらさら無さそうな話を。

「これは、ある人がある遺跡の文献で見つけた話なのだけど、この世界は太古の昔、今の人類が想像も出来ないような偉大な生物が争ってできた死骸の上にできているらしい」

「そして、いくつかの死骸には未《いま》だ力が宿り、その地に住まう者たちに恩恵を授けてきた」

「人々は、その死骸に宿る力を神と讃《たた》え、信仰してきた……君たちの聖域も、その一種さ」

「なら、そろそろ使うべきだろう？　死骸への信仰なんて、何の役にも立たないんだからさ」

「ゲディグズ様を復活させ、今一度戦争を起こせば、今度こそ七種族連合は勝てる。デーモンもサキュバスもオーガも、今の苦しい生活から抜け出し、勝利の美酒を味わうことができる。現在の薄汚いヒューマンのようにね」

最後の言葉に理解の追いつかぬサキュバスの一人が反応した。

「薄汚いヒューマン……あなたには、種族の誇りというものはないの？」

「無いよ」

「……」

「あんな私利私欲のクズ種族に誇りなど、あるわけないだろう」

そういう女の声音は、底冷えするほどに冷たかった。

「そういうわけだ。挑発したことは謝ろう。だから開けてくれないか？　君たちは死ぬことになるが、サキュバス全体にとっては、そう悪い話ではないのだから」

女の言葉に、ゲディグズを復活させるという言葉に、少しだけ心を動かされた者もいた。

だが女の最後の言葉を聞いて、彼女に従おうとする者はいなかった。

それほどまでに、女の言葉は不気味で、ぞっとするものだったから——。

9. 市場調査

バッシュがサキュバスの国に到着してから、数日が経過していた。

いつ止《や》むとも分からぬ雨。

着実に体力を付けつつも、しかし強くなる気配のないルド。

停滞とも言える日々の中、バッシュは久方ぶりに己の訓練も行ってはいたが、多少時間を持て余していた。

もっとも、バッシュは停滞を良しとするタイプではない。

ゼルと作戦会議を行った上で、行動に出ていた。

「バッシュ様……今、なんとおっしゃいましたか?」

いつものようにバッシュたちの護衛についたヴィナスは、バッシュの口から開口一番出てきた言葉に対し、思わずそう聞き返していた。

「女が好む男について教えてほしい」

ヴィナスはそれを聞いたとたん、ゴクリと生唾を飲み込み、視線を周囲へとさまよわせた。

これは誰かが自分を試しているに違いないと思ったのだ。

でなければ、目の前の妖艶《ようえん》な男が、こんなあからさまな誘惑をしてくるはずがない。

「と……言いますと?」

ゆえにヴィナスは慎重にそう答えた。

ここで「全裸のあなたです!」などと答えた翌日には、自分は処刑台の上に乗せられているかもしれないから。

「俺は妻を探している」

「オークの妻と言えば、毎日〝食いっぱぐれ〟が無いと聞いたことはありますが……」

もしやそういう事なのかと期待しつつ、冷静に答えていく。

ヴィナスは一流の軍人である。

そこらの小娘なら、きっともう処刑されているだろう。首と体がサヨナラバイバイだ。

逆に期待通りの意味であれば、ヴィナスは二つ返事でオッケーだ。

即座に服を脱ぎ捨て、バッシュの胸に飛び込んでいくだろう。

「バッシュ様、もしやサキュバスを妻にと考えていらっしゃるのですか?」

とはいえ、ここは慎重に慎重を重ねるヴィナスだ。

伊達《だて》に戦争中、油断と先走りから翼と尻尾を失ってはいない。

「うむ？　確かに、サキュバスを妻に迎えたなら、故郷に戻った時、他の者たちに自慢できるな。だが、お前たちはオークを嫌っているだろう？」

「あぁ……ええ、まぁ、確かに、そうですね。我らはバッシュ様のことは尊敬してやみませんが、大多数のオークのことは、その、あまり良く思っていませんので……」

オークの妻になるということは、オークの性奴隷になるということだ。

モノのように扱われ、トロフィーとして見せびらかされる。

完全に下等な存在として扱われる。

大半のサキュバスは、バッシュ以外のオークを下等な生物だと思っている。

そんなオークの下になるなど、誇り高きサキュバスに、あってはならないことだ。

もっとも、今のご時世であれば、若いサキュバスたちは喜び勇んでその地位に甘んじるだろうが……。

とはいえ、それはオークにとって良いことではない。

サキュバスを妻に迎えれば、夫となったオークは毎晩のように妻に食事を与えることとなるだろう。

それは一見すると互いにとって良い関係かもしれないが、種族全体にとっては良くない。

オークに新たな子が生まれなくなる。

一人や二人ならまだしも、サキュバス国内で食いっぱぐれている者たち全員がオークの国に押しかければ、オークはあっさり滅ぶだろう。

「無論、バッシュ様が妻……サキュバスを屈服させた証《あかし》としてのトロフィーがご所望ということであれば、このヴィナスを含め、立候補する者は多数いると思いますが……」

ヴィナスの視線はバッシュの股間へと向かう。

ヴィナスとて、毎日食事にありつけているわけではない。

しかもバッシュの妻という地位は、サキュバスの誇りを傷つけるものでもない。

なれるものならなりたい。

「……そういうことでは、ないのですよね？」

ヴィナスは確認するようにそう聞いた。

なぜなら、彼女の誇りは極めて高いところにあったからだ。

若いサキュバスなら、今頃天国で元気に男漁《あさ》りをしていることだろう。

「ああ、俺もサキュバスを妻にしたいのは山々だが、やはり妻には子を産んでもらわねばならんからな」

「ですよね‼」

バッシュはオークの英雄である。

オークの価値観を知るヴィナスは、サキュバスがオークの妻としてふさわしくないと、きちんと理解していた。

「無論、もしお前がサキュバスでなければ、出会った時にプロポーズしていただろうが、これればかりはな……」

もしバッシュに音を見る力があれば、ヴィナスの胸がトゥンクと高鳴る音が見えていただろう。

いかにバッシュといえど、そんな能力はないが。

「コホン、バッシュ様。私は誇り高きサキュバス軍人です。厳しい訓練に耐え、激戦を戦い抜き、鋼の意志を持っているつもりです。しかしながら、過度に誘惑をしてくださいますな。サキュバスの国では、尊敬すべき男性を食料視することは、誇りを汚《けが》す行為だと教えられていますので」

「ん？　うむ、わかった」

よくわからないという顔でうなずくバッシュの顔があまりにも可愛《かわい》くて、ヴィナスは「そういう所！」と内心で叫んだが、声なき叫びは誰にも届かない。

「それで、子を産めそうなヒューマンやエルフの女を妻にしようと旅をしているが、どうにもうまくいかん」

「バッシュ様はオークなのですから、戦って打ち倒した後、安全な所に運んで性交し、連れ帰って自分の女だと宣言するだけでよろしいのでは?」

「オークキングの命で同意なき性交は禁じられている、そういうわけにもいかん」

「やはり、オークも奴《やつ》らからそのような制約を受けているのですね……」

ヴィナスは、そう呟《つぶや》きつつ、バッシュを二度見した。

オークは、サキュバスと同じように制約を受けている。

サキュバスは食料を制限することで飢えさせられ、オークは繁殖を制限することで数を増やさないようにされている。

であるにも拘《かか》わらず、バッシュはヒューマンの流儀に則《のっと》って、妻を見つけようというのだ。

きっと、これまでの旅では凄《すさ》まじい差別と弾圧を受けてきただろう。

今、外交に出ているサキュバスの将、キャロットがそうであったように。

凄まじい覚悟で、旅をしているのだ。

「俺は、こいつらの面倒を見終わったら、デーモンの国に行くつもりだ。ヒューマンの王子ナザールからデーモン族への紹介状をもらったからな。今まで幾度となく失敗してきたが、今度こそは妻を迎えたい」

「なるほど！」

そこで、ようやくヴィナスにも話が見えてきた。

次のチャンスをモノにするため「女が好む男を教えてほしい」のだ、と。

「そういうことであれば、協力しますが……しかしながら、厄介ですね。私も他国の女性に関しては、さほど詳しいわけではありませんから」

「むぅ……」

「とはいえ、デーモンもバッシュ様には助けられてきたはず。今後の友好のために、『オーク英雄』がデーモンから妻を一人娶《めと》りたいと、そう言えばデーモンも嫌とは言わないでしょう」

「そうなのか⁉」

「色々と条件は付与されるかもしれませんが、デーモンも今は苦しく、横の繋《つな》がりがほしい時期だと思います。プライドの高いデーモン側からは言い出せませんし……そもそもサキュバス共々、ヒューマンらに監視されていて自由な外交ができないので、オークからの歩み寄りはありがたいはずです」

　バッシュの胸が期待に膨らんでいく。

　だが、バッシュは歴戦の戦士《ウォーリア》だ。この旅においても、敗戦を繰り返している。

そんな身の上で、楽観的な妄想などできようはずもない。

「そううまくはいくまい」

「……かもしれませんね。デーモンもサキュバス同様、いえ、サキュバス以上にオークという種族を見下していましたから」

ヴィナスは口にしつつ、脳裏に思い浮かべるのはかつて出会ったデーモンの女たちだ。

彼女らは、あらゆる相手を見下していた。

特に、ゲディグズが存命の頃は酷《ひど》かった。上位種とされるサキュバスやオーガまで下に見ていたのだから。

思い返すも忌々《いまいま》しい思い出だ。

しかしそのデーモンも今や凋落《ちょうらく》している。

サキュバスほどではないだろうが、今は苦しいだろうと思えば、溜飲《りゅういん》が下がった。

そう考えていた所で、珍しくだまって聞いていたゼルが、ポンと手を打った。

「そうだ！　デーモン女とサキュバスはプライドが高いし、よく似ているっす！　ここはヴィナスにデーモン女の真似《まね》をしてもらって、練習するというのはどうっすか？」

その言葉にヴィナスは首をかしげる。

「デーモン女の真似、というと？」

「ほら、あの『下賤《げせん》なオークが、私の視界に入るんじゃない！』とかああいうのっす」

ヴィナスは、己の顔からサーッと血の気が引いていくのがわかった。

「無理です。できません。勘弁してください。バッシュ様は、本当に私の英雄なのです。私の方から食料視することは無いようにと思っていますし、なんなら逆にバッシュ様から食料にされるのは構わないとすら思っているぐらいです！　そんな真似をさせないでください！　それに、もしそんな場面を他のサキュバスに見られたら、私は生きていけません。バッシュ様がこの国をお発《た》ちになった後、裏路地で袋叩《ふくろだた》きにされて殺されてしまいます」

「そうなのか？」

「私ならそうします。バッシュ様を他のオークと同列に扱って見下すなど、サキュバスにおいてあってはならないことですので……！　あるいは、クイーンに知られれば、そのまま極刑を申し渡されるかと」

そこでヴィナスは唇を噛《か》んだ。

しかし、と思い立ったのだ。

自分にはできるのだ、と。デーモン女のマネごとが。あの高慢ちきで、しかし実力の伴った戦士たちの真似が。誇りと感謝の間で揺れつつ、苦い顔でヴィナスは言う。

「ただ、バッシュ様がそれを承知の上で、私を練習台にと仰《おっしゃ》るのなら私は……私は

「……！」

噛みしめる唇から血が流れ出す。

「いや、そこまでは言わん」

「そうですか」

ヴィナスはホッと息をついた。

「……しかし、では、今まではどう動いてらっしゃるのですか？」

「ヒューマンやエルフのやり方に従い、相手に惚《ほ》れさせるべく動いてからプロポーズしている」

ヴィナスは目を見開き、バッシュの股間から顔へと視線を移した。

まさか、オークの英雄が、女とみれば見境なく犯し孕《はら》ませる種族の最強の戦士が、そんな回りくどいことをしているとは思いもよらなかったのだ。

だが、同時に感銘を受け、納得もした。

あのバッシュが、それだけ考えて動いているのだ。

ヒューマンの策略でサキュバス国の視察にくることとなり、あまつさえ〝食料〟の改善に協力してくれるに至ったのには、そういった背景があってもおかしくはない。

「なんと素晴らしい……しかし、そうですね……先程も言いましたが、私はサキュバスなので、他種族の女について詳しくはありません……お力添えできず申し訳なく思いますが……」

「サキュバスとて同じ女だろう?」

「いえ、バッシュ様。女と一括《ひとくく》りにするのは違います。我らサキュバスは、外見的には確かに女ですし、男に対してよこしまな感情を抱きますが、それは他の種族が子を残そうとするのと違い、食欲を満たすためです」

「お前たちも子は残すだろう?」

「それも少し違いますが……」

ヴィナスは頷《うなず》くと、少し顎に手をやって考えた。

「参考にはならないでしょう。我らサキュバスが子を作る時に重視するのは強さです。より強い母体同士がより強い子を産みます」

「むぅ……」

強さだけで女が寄ってくるなら、バッシュには今頃ヒューマンとエルフとドワーフとビーストの妻がいるはずである。

童貞などすでに過去に捨て去り、余裕の表情で五人目の妻としてサキュバスを迎えていてもおかしくはない。

今頃はヴィナスも満腹で、満足げな顔で爪楊枝《つまようじ》を片手にシーシーやってるだろう。

「しかしながら、バッシュ様の姿勢には感銘を受けました。そうですね……確かに、今の時代、我らサキュバスも、男に好かれるように努力しなければいけないのですね。魅了に頼らず……」

「お前達の普段の言葉遣いや仕草は、男に好かれるためのものではないのか？」

「そうなのですか？　生まれつき皆ああですので自分ではわかりませんが……ですが確かに、戦争が始まる前は今ほど魅了が強力ではなかったと聞きますし、言葉遣いや仕草で男をその気にさせなければならなかったのかもしれませんね……」

「言葉遣いや仕草、か……」

思えば、バッシュは国を出て以来、そうしたものを気にしたことはなかった。

無論、必要とあらば敬語は使うが、仕草というものはわからない。

「ヴィナスよ。お前は男がどんな仕草を取ったら好ましいと思う？」

「それはもちろん裸で腰に両手を当てて……いえ、なんでもありません。忘れてください」

「わかった。忘れよう」

「ええと…自分にはわかりませんが、サキュバスの普段の仕草や言葉遣いが男に好かれ

るようなものだとすると、そこにヒントはあると思います。我らはどの種族に対してもあ
あですので……バッシュ様は、普段の我らのような女がいたらどう思いますか？」

「うむ。無抵抗ですぐに子を孕んでくれそうな、良《い》い女だと思うな」

「オーク目線というのを差し引いて見ても、やはり生物である以上、生殖本能を刺激して
いるということでしょうね」

「つまり、女も？」

「きっと同じでしょう」

次に赴くはデーモンの国。

いくら紹介状があるとはいえ、一筋縄ではいかないだろうことはわかっていた。

だが、ここでようやく光明が見えた気がした。

「しかし、どういった仕草や言葉遣いをすれば、女は良いと感じるのだ？　特にデーモン
は」

「……さ、さぁ、それは自分にはわかりかねます。サキュバスであれば、男は反抗的であ
ったり、自信満々であったりした方が良いとはされていますが……」

「オークが女に求めるものと似ているな」

「サキュバスもオークも他種族を蹂躙《じゅうりん》する種族ですので、嗜好《しこう》は似通ってくるものかと」

「デーモンもそうだ。ならば、従順で自信なさげにしていた方がいいか？」

「いえ、デーモンは従順な相手を対等に見ることはありません。相応に対等だと思われるような行動をしなくては」

「デーモンにとっての対等とは？」

「それは……」

だが結局、最初の質問の答えにたどり着かなかった……。

見えた気がした光明は、完全に気のせいだったようだ。

「……申し訳ありません、力になれず」

「いや、問題ない」

種族毎《ごと》に違いがあるなどというのは、最初からわかっていたことであった。

今までも、バッシュは臨機応変に対応しようとしていたのだから。

「結局、これまで通りやるしかないか」

バッシュはそう頷くと、まだ見ぬデーモンの姫たちへの思いを新たにした。

落胆は無い。

戦時中もそうであった。

苦しい戦況を覆《くつがえ》すような策や秘密兵器は、そうそう出てこないものである。

結局は己のやり方を貫き、強くなっていくしかないのだ。

バッシュがそんな日々を過ごしていたある日、事件は起こった。

10・暴動

その事件は、〝食料〟たちが運動を始めて、数日後に起こった。

「なんだか、騒がしいな」

ちょうど、〝食堂〟の庭でルドの訓練をしており、少し休憩すると決めた時のこと。

壁の向こう側がにわかに騒がしくなった。

庭にもふんわりと甘い匂いが漂い始め、バッシュの近くで訓練していた〝食料〟たちも、ざわつき始める。

「……壁の向こうに、やたら大量のサキュバスが集まってるっすね」

「祭りでもあるのか？」

「いやー、そんな感じじゃないっすね。なんか殺気立ってるっす」

「……ならば、やはり祭りではないのか？」

バッシュは、ややソワソワとした様子でそう聞いた。

彼は歴戦の戦士《ウォーリア》である。塀の外に、殺気立ったサキュバスが大勢いるのはわかっている。

だが、祭りに喧嘩《けんか》はつきものだ。

殺気立っているからといって、祭りではないとは限らないではないか。

見目麗《みめうるわ》しいサキュバスたちが組んず解《ほぐ》れつ殴り合いの喧嘩をするのを目にしながら酒を飲むのは、絶対にうまいに違いなかった。

「何か様子がおかしいですね……バッシュ様、私の近くから離れませんように」

ヴィナスがそう言いつつ、ポケットから金属のサックを取り出し、手に嵌《は》めた。

サキュバスは徒手空拳を旨《むね》とするが、時にこうした武器を使う者もいるのだ。

と、食堂の中から多数のサキュバスが走り出て、その内の一人がバッシュの近くにいたヴィナスに走り寄ってきた。

「ヴィナス中尉！」

「なんだこの騒ぎは！」

「暴動が起きました！　食料の配給低下が原因で、皆が不満を持って……！」

その言葉に、ヴィナスはサッと顔色を変えた。

「〝食料〟の避難は⁉」

「もう始まっています。しかしながら、すでに〝食堂〟内部に暴徒が侵入しているため、訓練中の〝食料〟はこちらで待機せよとのことです」

見ると、他のサキュバスたちが訓練中だった〝食料〟の周囲を囲み始めていた。

この場で防衛する腹積もりのようだった。

良い判断だと思う。

敵の本体がわからぬ以上、情報が入るまでこの場にとどまり防戦に努めるのは、理に適《かな》っている。

守るべき者がいるとなればなおさらだ。

部隊というのは、移動している時の方が無防備なのだから。

対する〝食料〟たちは運動の直後ということもあってか、あまりおとなしくはしておらず、むしろ塀の向こう側から漂ってくる甘い匂いにつられてか、誘導するサキュバスの尻を撫《な》でる始末だったが。

「バッシュ様もあちらへ。バッシュ様なら、いくら相手がサキュバスと言えど、あの程度の若造にどうにかされることは無いと思いますが……あなたの身に何かあっては、私の首が飛びますので」

ヴィナスはこう言ってくれたが、バッシュはサキュバスに勝てる気はしなかった。

ただ、これは恥ずかしいことではない。

そういうものなのだから。

サキュバスという生物は、男を吸い殺すことに特化している。

本気で襲いかかってこられれば、バッシュのみならず、どの国の英雄でもサキュバスには勝てないのだ。

「待った、ルドがまだ帰ってきていないっすよ！」

「お弟子様が⁉　どちらへ？」

「用を足しにいっている！」

そう、ルドは先程訓練を終え、〝食堂〟へと用を足しにいった所だった。

本来ならそのへんでやってしまう所だが、ここはサキュバスの国、男性が公共の場で陰部をさらけ出すことは死を意味していた。

ゆえに、食堂に設置された厠《かわや》へと移動していたはずだ。

一階は食事にきたサキュバスたちも多いため、二階か三階の。

「オレっち、捜してくるっす！」

「あ、ゼル殿お待ち下さい！　今、警備の者を……！」

ゼルはヴィナスが止める声を聞かず、飛び出していく。

バッシュは止めなかった。

こうした突発的な事態が起きた時、必要なのは闇雲に動くことではなく、情報だ。

そして、情報を得ることに特化したフェアリーが飛び立った。

ゼルがルドを見つけるなら良し。

ゼルが見つけられないなら、バッシュがどれだけ慌てて探し始めても、すでに手遅れということだ。

「……」

バッシュは座り込み、〝食堂〟の方を見上げながら、その瞬間を待った。

その間にも塀が破られ、暴徒たちが塀の中へと飛び込んできている。

しかし、こちらはヴィナスを含めた警備員たちが対処していた。

暴徒の大半は、戦争にほとんど参加していない若者が多いようだった。

対する警備員たちは、その全てが歴戦の戦士のようで、暴徒たちを次々と鎮圧していた。

暴徒の数の方が圧倒的に多いが、それであっても警備兵たちが負ける気配は見受けられなかった。

バッシュはそちらから目をそらし、再度〝食堂〟を見上げる。

ややあって、屋上が強く光った。

見慣れた光だった。

フェアリーが緊急のＳＯＳを発する時の光。

それを見てバッシュは飛び出した。

戦闘中のサキュバスたちを吹き飛ばしながら建物に向かい突進し、跳躍。

二階の窓枠に足を掛け、さらに上へ。壁に拳を打ち付けて無理矢理足場を作り、さらに上へ、上へと登っていく。

そしてあっという間に屋上へとたどり着いた。

「旦那！」

すぐさま、顔の脇にフェアリーが飛んでくる。

ゼルと言葉をかわすより先に、バッシュの視界に屋上の光景が飛び込んできた。

そこで見た光景は、半ば羨ましいとも言えるものだった。

若いサキュバスたちだった。

胸も小さく、体も小さい、手足も細い。

少女というにふさわしい体軀《たいく》の者たちが、一人の少年に群がっていた。

少年はうつろな目で膝立ちとなっていた。魅了に掛かっている者特有の表情で、その上、上半身はすでに裸だった。

そして、それを囲むサキュバスたちもまた……。

「……おじさん、だぁれ？」

バッシュの方を向いた目は、捕食者のそれだった。

すでに屋上には濃厚な桃色濃霧が立ち込めており、サキュバスたちの瞳は爛々《らんらん》と赤く輝いていた。

バッシュはとっさに目を閉じ、息を止めた。

そしてそのまま、ルドの方へと突進した。

「キャアァ！」

「なになに⁉」

「おじさんが突っ込んできた！」

バッシュは声を聞きながら、ルドの体を摑《つか》み、己の胸元へと掻《か》き抱いた。

そのまま、その場を脱出しようとして、くらりと足元がフラつき、膝をついてしまった。

「ぬぅ……」

脳内で獣欲が鎌首をもたげ、目を開いて周囲のサキュバスたちの肌を確認すべきだという考えが浮かんでくる。

屋上に登った時点で、桃色濃霧を少し吸い込んでいたらしい。

当然だ。屋上だけでなく、この〝食堂〟全体で、サキュバスたちが桃色濃霧を撒《ま》き散らしながら戦闘しているのだから。

「あれあれぇ？」

「おじさんどうしちゃったの？」

「疲れたの？」

「ちょっと休んでこ、ね？　痛くしないから」

「ほら、目をつむってないで。こっち見て？　ね？」

サキュバスたちの甘い声が耳をくすぐる。

バッシュはルドを隠すように体を丸め、息を吸わぬよう短く叫ぶ。

「ゼル！」

「承知っす！」

バッシュの言葉に、フェアリーが答える。

バッシュの視界から、ゼルの動きはわからない。

だが、音で戦いが始まったのがわかった。

ゼルは歴戦の戦士だが、フェアリーは魔法攻撃が主体であり、サキュバスの魔法耐性は高い。バッシュは弾《はじ》き飛ばした感じから、さして戦いなれていないサキュバスだと判別できたが、それでも5対1で、バッシュたちを守りながらとなると、やや劣勢か。

「キャァ！」

「なんだよ、どけよ妖精！」

「見せびらかしやがって！　ちょっとぐらいいいだろ！」

「どうせ女王とか近衛《このえ》が食っちまってるんだ！　あたしらがちょっとぐらい食ってもいいだろ！」

先程までの甘い声はどこにいったのか、切羽詰まった怒号を撒き散らしながら、サキュバスたちが走り回る。

「どういう理論っすか！」

普段のゼルであれば、自在に飛び回りながら魔法を放ち、幼稚なサキュバスなど翻弄できるだろう。

だがバッシュたちを背にとなると、それも叶《かな》わなかった。

フェアリーは、何かを守りながら戦うというには向いていない。

「あっ！」

「捕まえた！」

「殺せ！　首引っこ抜け！」

それを聞いた瞬間、バッシュは目を見開いた。

戦友を見殺しにする男は、オーク英雄などと呼ばれない。

バッシュは跳ねるように起き上がると、ゼルを摑んでいるサキュバスに拳を打ち込んだ。

多少の手加減が加わってしまったのは、摑まれたゼルに被害が及ぶのを恐れてか、あるいは桃色濃霧の影響下にあるせいか。

本来なら上半身が爆《は》ぜる所だったサキュバスはバウンドしながら吹っ飛んでいき、屋上のへりでピクピクと痙攣《けいれん》し始めた。

ゼルは手から抜け出し、再度空中に戻る。

だが、そこまでだった。

「起き上がった！　ほらっ！　あたしの目を見て！　ほら、見ろ！　こっち見ろ！」

バッシュが桃色濃霧を吸い込み動きが鈍ったところ、サキュバスの一人がバッシュの前に潜り込んできた。

赤く光った目が、バッシュの視線と絡《から》み合う。

「……ぐっ！」

「うふふ、おじさん、だぁいすき。あたしね、いっぱい出してほしい物があるの、ね、いいでしょぉ？」

サキュバスの甘い声がバッシュを支配し始める。

男は、この声に抗《あらが》う術を持たない。どの種族であっても……。

「だめっ！」

次の瞬間、バッシュとサキュバスの視線を、一つの影が塞いだ。

ルカだ。

彼女は頭突きでもするかのようにバッシュとサキュバスの間に己の頭を差し込み、その視界を塞いでいた。

そう、女であれば、サキュバスの特異な能力は意味をなさない。

「『茨の呪縛』！」

ルカが杖《つえ》をサキュバスに向けると、サキュバスの体に茨が巻き付き、その動きを封じた。

「なんだよガキ！　邪魔すんな！　殺すぞ！」

「バッシュ様にも兄さんにも手を出させない！」

「女をどけろ！　殺しとけ！」

「わかってるよ！」

「『茨の呪縛』！　あぐっ！」

しかし、さらに次のサキュバスの動きを封じた所で、髪を掴まれ、引き倒されてしまう。

もう一人のサキュバスが馬乗りになり、その首に手をかける。

その間に、再びバッシュの視界にサキュバスの赤い瞳がうつる。

バッシュはもう目を閉じられない。

魅了された脳内に、目を閉じるという選択肢が生まれない。

「フラッシュライト！」

そこでゼルが戻ってきた。

叩《たた》きつけるような光が、目をかっぴらいていたサキュバスの視界を潰す。

サキュバスはたまらず目を閉じて、顔をそむけた。

「ああっ！」

ゼルは光弾となり、もう一人のサキュバスへとぶっ飛んでいき。

「動くな妖精！　こいつがどうなってもいいの⁉」

首根っこを掴まれたルカを見て、動きを止めた。

ゼルは一瞬だけ躊躇《ちゅうちょ》した。ルカごとやるか、あるいは言いなりになるか。

ややあって後者を選択したゼルは、しかしただ言いなりにはならない。

得意の口車を発進させた。

「どういうことなんすかコレは！」

ゼルは声を張り上げる。

いつだってうるさいのがゼルなのだ。

「サキュバスは、多種族との許可なき食事は禁じられているはずっす！　しかもバッシュの旦那はサキュバスの恩人っすよ⁉　わかってるんすか⁉　女王は間違いなく激怒っすよ！　あーあ、どうなることっすかね！　単にお叱りを受けるだけならいいっすけど、場合によっては死刑っすよね！　でも大丈夫、今なら一緒に謝ってあげるっす！　オレっち、こう見えて頭を下げるのは誰よりも得意っすからね！　オレっちに掛かれば女王の一人や二人……」

「知るかよそんなのぉ！　あたしらは腹がへってんだよ！　それなのに、無理やり走らせたりなんかしやがってよぉ！　ユリーネ！　さっさと立ち上がってオークに魅了かけてパンツ脱がせ！」

サキュバスの一人が目をこすりながら立ち上がる。

強い光を浴びて、視界がまだ戻ってきていないが、目をしばしばとさせつつ、それでもバッシュへと視線を合わせようとする。

バッシュは動けない、魅了に掛かりかけたせいで桃色濃霧をさらに吸い込み、意識は朦《もう》朧《ろう》としていた。

対して股間のバッシュは絶好調で、もはや目の前のサキュバスに突っ込むことしか考えられない様子だった。

サキュバスがバッシュの目の前に立ち、目を赤く光らせる。

もはや、バッシュを守る者は誰も——。


「やめろ馬鹿者共！」


いや、一人いた。

屋上の入り口に、一人のサキュバスが立っていた。

桃色の髪に、小さな胸。

幼いとも言えるその容姿は、しかしバッシュに襲いかかってきたサキュバスたちと比べれば、はるかに妖艶《ようえん》で大人びたもの。

片翼の翼とちぎれた尻尾は、歴戦であることを窺《うかが》わせた。

「ヒッ、ヴィナス……！」

「な、なんだよ……あたしらはただ……」

ヴィナスは据わった目でスタスタとバッシュの前へと歩くと、その眼前に跪《ひざまず》いた。

「バッシュ様、申し訳ありません」

そう一言言うが、魅了を掛けられたバッシュはヴィナスに欲情の目を向けるばかりで、返事が無い。

痛々しい表情で視線を逸らしたヴィナスは、ゆっくりと振り返る。

その顔を見て、サキュバスたちは知らぬ間に一歩、後ろへと下がっていた。

「ねぇ、あなた達。この方は、我らサキュバスの恩人なのよ。この方がいなかったら、お前たちは生まれてすらいないの、それぐらいはわかってる？」

サキュバスたちは答えない、ゆえにヴィナスは言葉を続ける。

「もちろん、お腹《なか》が減っているのはわかっているわ。我慢を強いているのもわかってる。わかっているのよ。私達大人は……。でもお願い。この方にそんなことはしないで。あなたの助けたサキュバスは、誇り高い種族なのだと、そう胸を張って言わせて頂戴」

ヴィナスの言葉は、誰が聞いても必死だとわかった。

サキュバス特有の、甘ったるい口調だったが、真摯で、切羽詰まっていた。

苦しいのはわかっているが、それでも聞いてくれ、聞き分けてくれ、このラインを越えてはダメなのだと、そう伝えようとしているのがわかった。

「うるせぇな！　何が誇りだよ！」

でも、小さなサキュバスたちには届かなかった。

「誇りとかそういうのは、腹を減らしてない時にようやく言えることだろ！」

「自分たちばっかり腹いっぱい食べやがって」

ヴィナスは泣きそうな顔で息を呑《の》み、うつむき、ゆっくりと顔を上げた。

据わった目で、一言言った。

「そう」

ヴィナスの蹴りがサキュバスの顔に叩き込まれた。

ボギンと音が鳴り、若いサキュバスが膝から頽《くずお》れる。

「ッ！」

ヴィナスは他の種族であれば体勢を崩すような所から片翼を動かし、ぬるりと音がしそうなほど滑らかな動きで別のサキュバスに肉薄、薄い胸板に拳を叩きつけた。

ボゴンと音がして、サキュバスが血反吐《ちへど》を吐く。

ルカに馬乗りになっていたサキュバスは、それを見て慌てて立ち上がろうとしたが、間に合わない。

ヴィナスの足刀が首に突き刺さり、バギンという音と共にぐるんと目を回し、泡を吹く。

残り二人、ルカの呪法によって自由を奪われていた者たちは、その光景を見て顔を真っ青に染めていた。

「あ、あたしは、違うんです、その……ユリーネに付いてきただけで……」

「あたしも！　あたしも違います！　むしろ反対してたぐらいで」

二人を見るヴィナスの瞳は暗く、失望と怒りに沈んでいた。

「死んだ仲間を盾にするような者は、サキュバスではない」

ヴィナスはそう言うと、二人の首を叩き折った。

11. プロポーズ

バッシュが目を覚ましたのは、王宮に貸し出された自室だった。

サキュバスから用意された窓の無い部屋。

扉は重く、頑丈な鍵がついていた。

「……」

バッシュはベッドで上体を起こし、ふぅと息をついた。

安堵《あんど》の息だった。

魅了に掛かりつつも、ヴィナスが助けにきてくれた所までは憶《おぼ》えている。

敵が全て死に、戦いは勝利に終わったということも。

ただ、運が良かっただけだとしても。生き残ったのなら次に活《い》かせば良い。戦はずっと続いていくのだから。

だが、局地的なもので言えば、

「負けたな」

久しぶりの敗北だった。

サキュバスという種族が、どれだけ男に対して強さを発揮するか。

戦場に出たことすらない若者にすら翻弄されたことで、バッシュは改めて理解した。

その上で、どうすればよかったのかを考えた。

殺せば、きっと切り抜けられただろう。

戦場では、ずっとそうしてきた。

戦場には敵か味方しかいなかったし、殺してはいけない敵は存在しなかった。

屋上に登り、目を閉じ息を止め、そのまま剣を横薙《よこな》ぎにすれば、敗北は無かっただろう。

相手が相応の戦士《ウォーリア》ならまだしも、あの程度の者たちであれば、文字通り、目を瞑《つぶ》ってでも勝てただろうから。

ただ、殺してはいけないと思った。

相手は若者だった。子供だ。オークでも、子供を殺すのを良しとされていないのだ。

今は平和な時代で、サキュバスは敵ではない。

そんな気持ちがあったのは確かだ。

「あれは敗北じゃないっすよ。大体、旦那一人なら余裕だったじゃないっすか。オレっちが足を引っ張っちまったせいっす……」

「ゼル……」

ゼルは落ち込んでいた。

敗北は初めてではなく、守る戦いが不得手なのも理解していた。

バッシュに近づかせないようにと低空を飛行し、敵からの注目を浴びるように動いた。

その行動が、間違っていたとは思わない。

だが、それはそれとして、あの程度の若造に後れを取ったのは事実だ。

オークと違い、フェアリーに魅了は効かない。サキュバスに対して、男性ほど絶対的な不利というわけでもないのに。

「……」

「……」

歴戦の二人は、敗北に落ち込んでいた。

敗北が初めてではないが、それはそれとして落ち込まないわけではないのだ。

「あの」

バッシュが顔を上げると、ベッド脇に一人の少女が立っていた。

ルカだ。

「大丈夫ですか？」

「ああ。ルカ、お前には助けられたな。お前がいなければ、俺はサキュバスに食われていただろう」

「いえ、でも、すぐにやられてしまって……」

「戦において力が劣る者は、力を持つ者が来るまでの時間稼ぎができればいい。お前はその役割をしっかり果たした」

ルカがこなければ、ゼルは死んでいたかもしれない。

あるいはバッシュがその童貞を無残に散らしてしまっていたかもしれない。

童貞卒業はバッシュの望む所ではあるが、相手がサキュバスとあらば、喜びは刹那、事が終われば、魔法戦士が確定した将来に絶望していただろう。

オークの名誉が地に落ちる所だったのだ。

ヴィナスに関しては、まぁサキュバス国の不手際《ふてぎわ》ということもあってイーブンだとは思うが、ルカは違う。

「お前は恩人だ。オークキングの名にかけて、お前に恩を返すことを誓おう。何かして欲しいことがあれば、言うがいい」

「えっ……！」

バッシュがそう言うと、ルカは顔を赤らめてうつむいた。

「あの、でしたら……！」

ルカは意を決したように顔を上げ、バッシュの手を握った。

子供らしく小さな、体温の高い手だ。

「わ、私と、結婚してください！」

プロポーズだった。

「……なぜだ？」

話の流れが見えず、バッシュはそう問い返した。

ルカは顔を真っ赤にしたまま、バッシュの手をにぎにぎと握る。

「あの、バッシュ様はお嫁さんを探して旅をしていらっしゃるんですよね？　お嫁さんの条件は、子供が産めて、他のオークに自慢できる肩書が必要だって……私、まだ子供だから子供は産めませんけど、大闘士ルラルラの子供です！　他のオークさんたちにも自慢できるんじゃないでしょうか！」

「理由を聞いている」

バッシュとしても、プロポーズされるのは嬉《うれ》しい。

よく見れば、ルカはなかなかに美しい顔立ちをしている。オーガ女が美しいのは、バッシュもよく知っている。

成長すればきっと美人になることだろう。

……成長すれば、だが。

オークは女とあらば見境なく襲うと言われているが、実際は違う。

オークが女を襲うのは、子孫を残すための本能だ。

ゆえに、基本的に明らかに子供が産めない幼体に欲情することは無い。

国に戻ればそういうオークもいるが、基本的にはそういうオークは特殊な性癖を持っているとされる。

つまり、ルカは対象外なのだ。

数年経《た》てば、まさにバッシュ好みに育つかもしれないが、今はまだ子供なのだ。

そして数年経てば、バッシュは晴れて魔法戦士だ。

待っていられないのである。

だから、バッシュとしても即答は避けられた。

これがもしシルヴィアーナあたりの発言であれば、バッシュはすでに襲いかかっていただろう。

「理由、ですか」

「そうだ、いきなりなぜそんなことを言い出す?」

ルカは、しばらく考えるように黙っていた。

「理由……」

何をどこからどう話すのか、迷っているようだった。

だが、やがてポツリとつぶやくように口を開き出した。

「……あの、ルラルラ母さんなんですけど、実は本当のお母さんじゃないんです」

「そうなのか?」

「はい。私達を育ててくれたし、自分の子供だって周囲にも認めさせたけど、でも私たちを産んだのは、別の女性です」

バッシュ、カルチャーショックである。

オーガには、母親に本当とか嘘《うそ》とかあるらしい。

「ルラルラ母さんのことは、もちろん、大事に思っています。でも、本当の父さんと母さんがいたんです。もう記憶は朧《おぼろ》げですけど」

「その父親と母親は、どうなったのだ?」

「殺されました」

「ではお前は、ルラルラではなく、そちらの敵討ちをするつもりなのか?」

「……しません。敵討ちの旅を始めた時は、そう思っていましたけど、調べてみたら、父さんと母さん、自業自得《じごうじとく》だったみたいで」

「自業自得？」

「スパイだったんです。父さんはオーガで、情報を四種族同盟に売ってて、母さんはヒューマンの諜報部《ちょうほう》で……で、二人で駆け落ちして、私達を産んで、見つかって……」

ルカは顔をうつむかせ、肩を震わせた。

バッシュからルカの表情は窺《うかが》いしれない。

オークに「裏切り」という概念はない。

裏切れるほど頭がよくないからだ。彼らに出来るのは、せいぜいキングの命令に従わないぐらいだ。

「その追手の中にはルラルラ母さんもいて、両親が死んで呆然《ぼうぜん》としている私と兄を引き取って育ててくれました」

思い出を語るルカの口角は、いつもより上がっていた。

「ルラルラ母さんは、立派な人でした。オーガの長になるべく頑張ってたし、他の人達の面倒も見ていました。すごく、すごく立派な人だったんです。私も兄も、尊敬していたんです」

でも、とルカは続ける。

「ある日、死体で発見されました。それも、路地裏で、死体があんな……犬なんかに……」

ルカは目に涙を浮かべ、当時を思い出してボロボロと涙をこぼし、ぶるりと身を震わせて、己の体を細い腕で抱きしめた。

「母さんが、あの強かった母さんが、あんな簡単に負けるはずないんです、きっと卑怯《ひきょう》な手で負けて、野ざらしにされたんです……母さんはあんな死に方をしていい人じゃなかった。私は、私も、兄も、許せないんです、あんなの、許していいわけがないんです……」

ルカはそう言いつつ、バッシュの手を握る手の力を強めた。

いつしか、ルカの震えはとまっていた。

「私達は誓いました。自分が死んでも、母さんがそれを望んでいなくても、仇《かたき》を取りにいくことがオーガ族の務めだって……」

「オーガの仇討《かたきう》ちか」

オーガにはそうした風習があることを、バッシュも聞き及んでいた。

自分の親や師匠を何者かに殺された場合、命を懸けてでもその仇を取らなければならない。そうでなければ一人前と認めてはもらえず、子供を作ることすら許されない。

オークが、戦場で女を犯すのと同じ理由だ。

だからオーガは屈強だ。

長い戦争の時代において、親や師匠が殺されないということなど無いのだから。

屍《しかばね》の上に立ち続けたのが、オーガという種族なのだ。

「でも……あの、バッシュ様から見て、兄さんはどうですか？　私は？」

「どう？」

「勝てますか？　あの女に。私と二人で挑んで、どうですか？」

「無理だ」

即答だった。

それほど、ルドの実力は、あの女と乖離《かいり》していた。百度やって一度、浅傷《あさで》を負わせるのが精一杯だろう。

「ですよね」

ルカは諦めたように、肩を落とした。

「私も、わかっているんです。多分、兄さんも、勝てないってことぐらい。無駄死にするってことぐらい……」

ルカは沈んだ表情でそう言った。

瞳には、また涙が浮かんでいた。

「私たちが死んだら、どうなるんでしょうか？」

「どうもならん。ただルラルラ殿と、そしてお前たちが死んだという事実が残るだけだ。あるいはあの女が酒場で語る武勇伝になるやもしれんが」

バッシュは自然とそう答えていた。

長く戦場にいたバッシュには、死は身近なものだ。

親こそいなかったものの、先輩といえる者も、教師といえる者も、戦友も、ほとんど死んだ。

こいつさえいてくれれば生き残れる、こいつがいなくなれば自分もきっと死ぬ、こいつは絶対に死なない、ずっと共に戦っていく……そう思える者が死んでも、バッシュは生き残ったし、その後も何も変わらなかった。

バッシュは思うのだ。

もし仮にゼルが死んだとしても、悲しみはすれど、何も変わらないのだろう、と。

隣にいて当たり前の相手などいないのだ、と。

「私、私は、死にたくないんです。兄さんにも生きていてほしいんです」

「うむ」

「でも、仇も取りたいんです。勝てないとわかっていても……」

「うむ」

死にたくないというのは、普通の感情だ。

そしてそれを奮い立たせるために、あらゆる種族はあらゆる手段で己を鼓舞する。

「仇は、取りたいけど、でも兄さんは、絶対に諦めようとしてくれないんです。もう、自分が絶対に勝てないって、わかってるはずなのに、無理に強がって……見てられないんです」

「……」

「もう、どうしていいか、どうしたいのか、私にもわからないんです……」

二律背反に苦しむルカは両手で顔を覆い、ポロポロと涙をこぼしながら慟哭する。

バッシュは黙って聞いていたが、やがて聞き返した。

「それがなぜ、結婚につながる？」

「オーガの仇討ちには、家族であれば助太刀して良いというルールがあります」

「だから私と結婚して、あの女を、倒してください」

バッシュは考える。

仇討ちの協力のために、夫を迎える。

あまり聞かない話であるが、理解はできる。

オークなら、復讐《ふくしゅう》ぐらい自分でやるべきだと言われるであろう。あるいはオーガでも。

しかし目の前にいるのは、子供だった。

「……私は、バッシュ様が望む限り何人でも子供を生みます。その、今は無理かもしれませんけど、でも一生懸命がんばります！　『オーク英雄』の妻として、バッシュ様の自慢になるように、生涯を懸けて努力します！　だから、どうか、どうかお願いします……助けてください……」

ルカは必死にそう訴えた。

冗談などではなかった。嘘も一切なかった。

なんなら、この場でバッシュに襲いかかられたとしても、悲鳴の一つもあげずに受け入れただろう。

だがバッシュは言った。

「お前を妻にすることはできん」

ルカはショックを受けた顔で、ストンと座った。

なぜ、と彼女が言うより前に、バッシュは続ける。

「だが、あの女は倒してやろう」

「え？　でも、それは掟《おきて》に反していて……」

「俺が個人的にルラルラ殿の仇を討つだけだ。オークの掟に、親族しか仇討ちをしてはいかんというものはない」

バッシュなりに頭を使った結果であった。

「それに、そろそろこの国からも出立したいと思っていた所だ」

サキュバスは、皆よくしてくれた。

しばらくはここに滞在しても良いと思っていた。

だがサキュバスの国は、やはり危険な場所であった。それを再確認した所で、正直ここからはやく移動したいというのが本音だ。

それに、思えば本来の目的と別の所で時間を使いすぎた。精霊の機嫌を損ねたくないと、色々と気を回しすぎてしまった。

そろそろ、本来の目的に戻るべきだ。

バッシュに残された時間は、あまりない。

目的を達成するために条件があるなら手段も選ぶが、これは違う。

ならば、手段や方法を問わず、最短で解決すべきだ。

すなわち、バッシュがあの女と戦い倒す。

それがバッシュにできる最善かつ最高の答えだ。

その結果、精霊が怒り狂ってバッシュを殺すかもしれないが、それよりここでぐだぐだと過ごした結果、魔法戦士に成り下がるよりは良《い》い。

『オーク英雄』が魔法戦士になるぐらいなら、精霊に逆らって死んだ方がマシだ。

「お前達の誇りは守れんかもしれんが、それでいいか？」

それにバッシュは自分で言ったのだから。

オークキングの名において、ルカに恩を返す、と。

助けてくれと言われ、助けないわけがなかった。

「バッシュ様はお優しいのですね」

ルカは泣き笑いの表情でそう言った。

■

ルカはひとしきり泣いた後、ルドが目覚めたという報告を聞いて、部屋から出ていった。

ルドはバッシュより深く魅了に掛かったため、別室で治療を受けていたらしい。

バッシュはベッドに腰掛けたまま、己の体に異常が無いかを確認しつつ、部屋に用意された食事を取っていた。

これから出立し、ルラルラの仇と戦うのであれば、体は十全にしておかなければならなかった。

サキュバスの魅了の後遺症が残っていれば、勝てる戦いも勝てなくなるだろう。

一目みただけだが、それだけ注意が必要な相手に思えた。

そんなバッシュに、ゼルがふと聞いた。

「旦那、いいんすか？」

「何がだ？」

「ルカちゃん、将来はきっと綺麗《きれい》な子に育つっすよ。オレっちにはわかるっす。オーガの美醜についてはイマイチっすけど、でも旦那が好きな顔のタイプは熟知してるつもりっすからね、ドストライクな女になると思うっすよ」

「なら、その時にまたプロポーズすればいい」

確かに、ルカは美少女だ。

きっと将来は美しい女になることだろう。

だが、それは今ではない。

美しく育つには五年……いや最低でも三年は必要だろう。

そんなに待っていては、バッシュは魔法戦士まっしぐらだ。

あるいは、その前に手を出してしまえば童貞は捨てられるかもしれないが、そもそもバッシュは幼いルカを女として見ることが出来なかった。

「今結婚しておけば、その年齢になるまで誰にも取られないじゃないっすか！」

「だが、他の女が手に入らなくなる可能性も出てくる」

バッシュが思い出したのはエルフだ。

エルフは男一人につき女一人まで。

これから赴くデーモン族がどういった制度なのかは知らないが、エルフと同じような制度なら、すでに妻がいる身では、誰一人捕まらないだろう。

となれば、まだ自分はフリーでいなければならなかった。

「……お話の途中、失礼いたします」

そんな二人の部屋に入ってきたのは、一人の豊満な胸を持った女性だった。

「『サキュバス女王』カーリーケール……」

「此度《こたび》の暴動、『オーク英雄』バッシュ様を巻き込んでしまい、誠に申し訳ありませんでした。サキュバスの女王として、謝罪させていただきます」

サキュバス女王カーリーケールは、居丈高にそう言うと、バッシュの寝ているベッドに腰を下ろした。

でかい尻とでかい胸がバッシュのすぐ近くに出現し、バッシュは視線を逸らした。目の毒すぎた。

ついでに言えば、バッシュの二の腕に触れられた手はやけに熱っぽかったし、バッシュの太ももにわずかに触れる尻は、やけに柔らかかった。

無論、カーリーケールに悪意は無い。

サキュバスには、真摯な謝罪をする際には、密着するほど隣に座る習慣があった。

他国、特にヒューマンの国でめちゃんこ嫌われているサキュバス仕草である。

「『オーク英雄』殿にこのような仕打ちをしてしまった上で、嘘《うそ》まではつけません。お恥ずかしい話ですが、今のサキュバスはご覧になった通り、日々を食いつなぐので精一杯。これで若者に誇りを持てと言うのも酷な話です」

「……」

「それでも、ご覧になった通り〝食料〟はきちんと管理し、丁寧に飼育しております」

「……」

「食さえ満たせば、若者にサキュバスの誇りとはなんたるかを教える余裕も生まれるかと思います」

カーリーケールは、相変わらず少し高圧的とも言える声音で話していた。

だが、バッシュはその声の奥に、言いしれぬ必死さがあると見てとっていた。

「このような形になってしまっては、ただただ〝何卒《なにとぞ》〟と言うよりほかありません。バッシュ様、〝何卒〟サキュバスの国をお救いください」

「……サキュバス女王であるお前にそう頼まれたのなら断れまい。その時が来たならば力になろう」

バッシュ的には、何がどう転んで救うだの救わないだのという話になっているのかはわからない。

だが、サキュバスという、七種族連合の中でも上位とされ、オークを散々見下してきた種の長《おさ》が、『オーク英雄』に力を貸してくれと、そう言っているのだ。

バッシュが首を振ろうはずもなかった。

むしろ誇らしいまである。

オークはいつだってシンプルなのだ。

「そう言っていただけて幸いです」

「だが、カーリーケールよ」

「はい」

「力になると言ったが、今は無理だ。俺はすぐにこの国を発《た》とうと思っている」

先約があるからである。

あとついでに言えば、バッシュは隣に座るカーリーケールが少し怖かった。今にも食べられそうだった。

ゆえに尻の位置を少しずらし、体を離した上で、そう言った。

「そう……でしょうね……あのような出来事があった後では……」

それを拒絶と取ったカーリーケールは息を呑《の》んだ。

「無理を申しました。再度謝罪を……必要とあらば、妾《わらわ》の首を持っていっていただいても構いませぬ」

「それに関してはこれ以上、何も言うつもりはない。サキュバスたちは良くしてくれた。お前たちにとってオークなど見下して当然の存在であろうが、心地よく過ごさせてもらった。感謝している」

「寛大すぎるお言葉です……」

その言葉で、会話は終わったとばかりにバッシュは立ち上がった。

これ以上、カーリーケールの隣にいたら、そのままベッドに押し倒してしまいそうだったからだ。

とにかく、次にやるべきことはすでに決まったのだ。

ならば、あとは目的地に赴き、戦うだけだった。

「では、さらばだ」

「…………はい」

カーリーケールの消え入りそうな声を尻目に、バッシュは部屋から出ていくのであった。

12・英雄VS名もなき女

巨大な、殻があった。

亀の甲羅とも、かたつむりの殻とも、あるいは虫が脱皮した跡にも見えるそれは、ただただ大きかった。高さは成人したオーガ男性よりも高く、端は森の木々に消えて見えず、全容が摑《つか》みきれない。

苔《こけ》むした森の中において、それには決して苔がつかず、虫もつかず、ぼんやりと発光していた。

当然周囲は豪雨であるが、その殻は雨を弾《はじ》くのか、まるで濡《ぬ》れていなかった。

ヒューマンの神官が見れば、神々《こうごう》しいと評しただろうか。

あるいは、禍々《まがまが》しいと評しただろうか。

女は殻の前に立ち、しばしそれを見上げていたが、やがて中に入り込んだ。

虹色に発光する内部はこの世のものとは思えない光景だったが、女は散歩するようにそこを歩き、あっさりと最奥《さいおう》にたどり着いた。

最奥には、宝石のように透き通る石が鎮座していた。

石はクリスタルの管で周囲に結合されており、なんとなくだが、それがこの不思議な物体の源であると察することができた。

女はそれを無造作に掴むと、クリスタルの管から引きちぎった。

パキンと耳当たりの良い音《い》がして、あっさりと石は女の手中に落ちる。

それと同時に、周囲から輝きが消えていく。

神々しさも、禍々しさも、消えていく。

誰もがわかる。

力が失われたのだ、と。

やがてこの殻は朽ち果て、森に消えていくだろう。

それはこの殻に神々しさを見出《みいだ》していた者たちにとって、絶望するような光景かもしれない。

だから女はつぶやいた。

「キャロットにやらせるわけにはいかないものね……」

女は塊を布で丁寧に包むと、バックパックへとしまい込んだ。

殻の中から出て雨空を見上げ、ふぅと息をつき、ぐっと伸びをした。

「んっ……ふぅ～、こんなに時間が掛かるとは思ってなかったな……さすがに骨が折れた。

サキュバスの結界も、捨てたものではないね」

そう言う女の視界には、無数の死体が転がっている。

デーモンの魔鍵によって結界が破れた後、最後の抵抗とばかりに襲いかかってきた、サキュバスの防衛隊であった。

泥にまみれたその死体は、どれも艶《なま》めかしい姿態をしている。

死してなお、サキュバスは妖艶《ようえん》であった。

女は、彼女らの美しい顔を、つまらなそうに見下ろしていたが、ふと気配がしたため、顔を上げた。

「……おや」

死体の山の先に、人影があった。

小さな二つの影と、大きな一つの影。

見覚えがあった。

それが誰かわかったと同時に、ふつふつと怒りがわいてくる。

「オーク！　なぜまた子供たちを連れてきた！」

女からすれば、それは不可解な行動であった。

確かに先日、契約は成されたはずだ。

オークは自分に欲情していたが、それを我慢して二人の子供を助けた。天晴《あっぱれ》な男である。

もちろん性欲旺盛なオークのことだから、二人をどこか安全な所に送り届けた後、自分を犯すために追ってくることは考えていた。

あるいは二人が諦めず、自分を追ってくる可能性も。

だが、三人一緒でとなると、理外であった。

「ルラルラ殿の仇《かたき》を取りにきた」

「……ほう」

女はバッシュの一言で、スッと怒りが抜けた。

大方、あの後二人に事情を聴いて、義憤にかられて助太刀を申し出たといった所か。

オークが何の目的であんな所にいたのかは知らないが、自分が彼の立場であっても、助力を申し出ただろう。

どんな目的で旅をしていようが、庇護《ひご》すべき子供二人を放っておくのを良いと思えるわけではないのだから。

「……驚いた。オークというのは、意外に情があついんだな」

ただ、オークがそんな行動に出るとは思っていなかった。

女の知るオークがやりそうな行動と言えば、双子を助けた後、片方が女子であることに気づいて、男を殺して犯して捨てるぐらいだ。

流石《さすが》にそれは偏見が入っているため、口にはしないが。

ともあれ、オークというのは、存外に理解できる行動原理で動いているらしい。

「しかし、やはりオークだ。頭が悪いな」

「なぜだ？」

「自分が負けると、思わなかったんだろう？　だから自信満々でここにきた」

なんでもいいか、と女は剣を抜き放つ。

どちらにせよ、こうして立ち向かってくる以上、やることは一緒なのだから。

「オークは戦う時に敗北を考えん」

バッシュもまた剣を抜く。

巨大な剣は、鈍く輝いている。

女はその剣に一瞬、見覚えがあるような気がしたが、すぐに思い出すのをやめた。

剣にこだわりがあるわけでもなし、どうせ思い出せない、と。

「俺は元オーク王国――」

「ああいや、名乗る必要は無い。私は名乗れないし、君が名乗る価値がある女じゃないし、これから起こるのは名誉ある決闘じゃなくて、ただの殺しだ。殺し合いですらない」

そう言って、女は踏み出した。

女の一歩はとてつもなく静かで、自然で、大きい。

並の戦士《ウォーリア》であれば、女の動き出しはもちろん、その間合いに入ったことにすら気づかなかっただろう。

「残念だ。殺したくは無かったよ」

一閃《いっせん》。

女はオークの首が斬り落とされ、ごとりと地面に転がる……。

そう、確信していた。


「……あれ？」

だが女の剣は、バッシュの首に届く前に、分厚い剣に阻《はば》まれていた。

「っ！」

己の剣が凄《すさ》まじい膂力《りょりょく》で押し返されたと思った瞬間、女は身を翻《ひるがえ》していた。

暴風のようなバッシュの斬撃を肘でいなし、反動で二回転して、着地する。

続くバッシュの追撃を、踊るように回避していく。

五度の斬撃をくぐり抜け、女はバッシュの間合いの外へと逃げ切った。

女は己の心臓がバクバクと音を立てていることに気づいていた。

油断していた。危うく死ぬ所だった。

「……オーク、お前、強いじゃないか。びっくりだ」

バッシュの一連の攻撃は、完全に仕留めきるつもりのものだった。

その斬撃は、一撃一撃が凄まじく重く、全てに暴風と衝撃が伴っていた。

当たれば部位が欠損し、かすれば皮膚は裂け、肉が飛び散り、近くを通り過ぎただけでも体勢が崩れる。

体重の軽い女であればなおのこと。

女が戦場で、そうした斬撃のかわし方を身に付けていなければ、死んでいただろう。

通り過ぎる剣からの衝撃に逆らわず、己の体を回転させて衝撃を逃す。

相当な体幹と身のこなし、それにともなう敏捷性《びんしょうせい》がなければ出来ない芸当だ。

「お前もな」

バッシュも、女が自分の想像通りに強いと再確認した。

「私の初太刀で死ななかったのも、私に回避一辺倒の動きをさせたのも、最近だとそれこそルラルラ殿以来だ」

「それは光栄だ」

女の称賛に、余裕の返答。

普通のオークであれば、もっとこう……いや、女はオークに詳しいわけではないから、また偏見によるオークの態度が出てくるだけであろう。

とにかく、女は目の前のオークが、自分の想像よりずっと大物であると察した。

同時に、拙い知識から、ある名前が浮かび上がってくる。

「オークでここまでやれるとなると……さては、君が『オーク英雄』のバッシュか？」

「そうだ」

返答と同時に、バッシュの剣が、襲いかかる。

女は間合いのギリギリを保ち、それを回避し、切り返しを行う。

切り返しはバッシュに届かず、風だけがバッシュの肌を撫《な》でる。

あからさまに踏み込みが足りぬそれは、バッシュを測る意図があることが明白だった。

「そうか、栄えあるドラゴン殺しの英雄殿に名乗らなかった非礼を詫《わ》びよう……が、名乗り返すような名前は持っていない」

「……」

「とはいえ、オーク最強の戦士が相手となれば、私も本気を出さなければならないな」

女はそう言うと、改めて剣を構えた。

バッシュの目には、どこかで見たことのあるような構えに映った。

ヒューマンの騎士の構え方と似ているが、しかし少し違う。独特な構え。

それを見て、バッシュは己の身が総毛立つのを感じた。女が危険な相手だと、バッシュの本能が告げていた。

「グラアアァァアアァアァアァアァアァアァオォオォウ！」

己の感情をさらに高ぶらせるため、ウォークライを放つ。

戦いが始まった。

■

戦いは長く続いていた。

バッシュの暴風のような斬撃を、女がいなし反撃を加える。

ただそれだけの攻防が、大雨の中で続いている。

ぬかるんだ大地であっても、双方よろけることなく、淡々と続いている。

バッシュの一撃は女に触れることすらせず、女の反撃はバッシュを撫でるも、切り裂くは皮一枚のみで血すら流れ出ない。

演舞のようなそれは、どちらかの技量が少しでも足りていなければ成立しないものだった。

女の技量が足りずばバッシュの剣が女を切り飛ばし、バッシュの技量が足りずば女の剣がバッシュの血管を切り裂くだろう。

前者が一撃で勝負がつくのに対し、後者は時間を掛けて仕留めるという差はあるものの、結果が死であるなら同じことであった。

一撃で命を刈り取る斬撃が体の近くを幾度となく通り過ぎても、女に焦《あせ》りは無かった。

淡々と、機械的に、同じことを繰り返した。

バッシュの斬撃の振り始めを見てパターンを絞り、そのまま剣が振り抜かれれば回避、フェイントが入れば一拍おいて回避、途中で剣の軌道が変われば、己の剣でいなしてから回避する。

そこからの反撃も、決して踏み込みすぎず、さりとて引きすぎず、適正な距離を維持して斬撃を放つ。

バッシュもそれを回避する。

今より踏み込めば次の攻撃を回避できず、引きすぎれば回避動作分で溜《た》めを作ったバッシュが、より回避困難な斬撃を放ってくるのを知っていた。回避困難な斬撃を回避すれば体勢が崩れる、体勢が崩れた上でさらに斬撃を回避しようとすれば、さらに体勢が崩れる。

行き着く先は〝詰み〟である。

そうなれば女に勝機は無い。

だが女は知っていた。

それは相手も同じだ、と。

バッシュは冷静だ。

オークとは思えないほど淡々と剣を振り続けている。

常に最高の踏み込みと、最高の斬撃を放ち続けている。

決着がつかないことに焦り、手を抜けば、たちまち女の剣にえぐられる。

少しでも血を流せば、そこから少しずつ形勢が傾き始める。

行き着く先は〝詰み〟である。

ただ、このままいけばバッシュが有利であると言えるだろう。

オークの体はヒューマンの女より遥《はる》かに大きく、体力もまた続く。スタミナが先に切れるのは、十中八九女の方だった。

だから女は勝負に出た。

「これがオークの英雄か。誰もが一目置くわけだ」

女がポツリと呟《つぶや》いて、半歩引いた。

バッシュの斬撃に僅かな溜めが入り、僅かに深く踏み込んだ一撃が放たれる。

斬撃は女の首元あたりをかすめるも、まだ届かない。

女は体勢を崩しつつ、剣を構える。

バッシュの返す刀が、回避不能な斬撃が女を襲う。

「だが、オークだ」

ほんの一瞬だけバッシュの斬撃に迷いが生じた。

バッシュの視線が女の胸元へと落ち、鼻がぴくつき、きつく結んだ口元が緩んだ。

切っ先は女の肩口あたりから左手の方へと抜け、衝撃は肉を弾《はじ》き飛ばし、骨を砕いた。

女は踏み込みつつも衝撃に逆らわず体を回転させ、右手の剣をバッシュの首へと叩《たた》きつけた。


血しぶきが舞った。


「……！」

バッシュの首は落ちてはいなかった。

頸動脈《けいどうみゃく》は切り裂かれ、噴水のように血が噴き出している。

ヒューマンであれば致命傷となりうる出血であった。

「効いてくれて嬉《うれ》しいが……今のに反応できるのか……」

対する女は、左手が砕け、血をとめどなく流しながらあらぬ方向を向いていた。

胸元は大きく裂け、二つの大きな双丘がまろび出ていた。

「さて、だがここからが修羅場だね。骨が折れそうだ。いや、もう折れているか……」

女は剣を構え直す。

目の前のオークが、首から大量の出血をしている程度で止まらないことはわかっていた。

オークの目から光は失われておらず、その体は熱気をまとい、冷たい雨を蒸発させていた。ヒューマンなら絶望するような傷を受けても、オークの戦士は止まらないのだ。

（予想以上に強い……これがドラゴン殺しの英雄か……）

むしろ、女の方が焦りを持っていた。

予定であれば、バッシュの剣は間一髪で避《よ》けきれるはずだった。

かつて、今と同じ方法でオークの戦士を倒したこともある。

胸をはだけて見せれば、オークは必ず鼻の下を伸ばし、手が鈍る。打ち倒した後のことを考えて、殺意が抑えられるからだ。

かつて倒したのも名のある戦士《ウォーリア》だったが、やはり英雄と称される者は、それ以上ということだろう。女を襲うより子供を助けることを優先するほどの高潔さを思い返せば、浅はかな手法だったかもしれない。

ともあれ、こうなるとオークとヒューマン女では、体の作りが違う。

女は一気に劣勢となる。

失われる血の量はバッシュの方が多くとも、先に動きが鈍り、力尽きるのは女の方だ。

ゆえに女は前に出る。

バッシュの大木のような首を、さらなる一撃で切り倒さんと剣を走らせる。

バッシュはそれに対し、今度こそは色香に惑わされんとばかりに、女の脳天めがけた一撃を放つ。

「ヒールウィンド」

バッシュの剣が空を切った。

女は踏み込んだと見せかけて身を翻《ひるがえ》したと思えば、魔法の風に包まれていた。

妖精の粉と似た色を持つ風が、女の傷を瞬《また》く間に癒やしていく。

女の傷は治り、バッシュの傷だけが残る。

ほんの僅かに、形勢が逆転する。

「……っ！」

だが、バッシュの斬撃は速い。

誰もが戦慄と共に語る速度は、圧倒的な破壊力を有しているが、それに対して手数が多すぎる。

バッシュは回復魔法の隙を逃さない。

一撃、二撃で女の体勢は崩れた。一歩でも引けばそうなるだろうと思っていた状況が、まさに起きていた。三撃目が女の胴体へと叩き込まれる。

「んんんぅぅ！」

女は今までにないほど必死の形相で、迫る剣に己の剣を合わせた。

とんでもない金属音が森に響き渡った。

不壊と呼ばれたデーモンの剣と、女の剣がぶつかり合い、尋常ではない衝撃が生まれた。

バッシュですら、衝撃に体がふわりと浮き、数メートルほど後ろに飛ばされた。

土煙と共に上空を見上げると、女が空中をくるくると回りながら吹っ飛んでいく所だった。

女は魔法を使ったのか、空中で体勢を立て直すと、木の枝へと着地した。

「ハァッ！　ハァッ！　ハァッ！」

女の息は荒く、あらわになった胸は大きく上下していた。

だが、それは運動によるものというよりは、己が感じた死に対するものだろう。

彼女は今、まさに死線を潜《くぐ》ったのだ。

バッシュの速度は彼女の想定を上回っており、回復する隙すら無かった。

斬撃も重かった。剣に大量の魔力を乗せて相殺《そうさい》しなければ、女の胴体は真っ二つになっていただろう。

「っ！」

息つく暇もない。

女はとっさに木の枝から跳んだ。

次の瞬間、彼女が足場としていた木が、とんでもない速度で縦回転し、周囲の木々を巻き込みつつ吹っ飛んでいった。

女はふわりと着地しながら、身を大きくかがめた。

頭上をバッシュの剣が通り過ぎていく。

その衝撃波に流されつつ体を回転させ、肘を地面に突き立てて方向転換。回転の力を剣に乗せ、そのまま目の前にあったバッシュの踝《くるぶし》へと叩きつける。

同時に、バッシュの縦斬りが、女の後方に着弾した。

土砂が降り注ぐ中、女は確かな手応えを感じつつ、四つん這《ば》いになりながら距離を取る。

とっさに剣を振って防御したのは、本能によるものだ。

斬撃がどちらからきて、自分がどちらに向けて防御したのかすら、女自身わからなかった。だが、ギィンという金属音と共に撥ね飛ばされたため、自分の行動が間違っていなかったことだけが理解できた。

バッシュの縦斬りが、そのまま地面をくぐり抜け、背後へと抜けた女に下から襲いかかったなどとは、つゆほども理解できなかったが。

「はあぁ！」

どれほど幸運が降りかかろうと、女は慢心せず剣を構え、バッシュへと斬撃を繰り出した。

■

その戦いは、どれほどの時間続いただろうか。

分厚い雲と雨によって空は閉ざされ、時間の感覚がわからない。

ただ、バッシュの戦歴を鑑《かんが》みれば、そう長い戦いではなかったと言えるだろう。

かのエルフの大魔導サンダーソニアとは、三日三晩戦い続けたが、今回はまだ一日も経《た》っていない。

せいぜい一晩。

「はぁっ……はぁっ……」

「……」

その一晩で、周囲の様子は激変していた。

聖地と呼ばれた殻は半壊し、木々はなぎ倒され、巨大な竜巻でも過ぎ去ったかのような有様《ありさま》だった。

そんな中、二人は立っていた。

「バッシュ殿、まだやるのかい？」

「……無論だ」

バッシュは満身創痍《まんしんそうい》であった。

体中、至る所に裂傷があり、その幾つかは動脈に達しているのか、だくだくと血が流れ出ている。いかに頑強なオークと言えど、放っておけば死ぬだろうことは、誰の目にも明らかだった。

では女の方が余裕かというと、そういうわけではない。

彼女の左手はおかしな方向に折れ曲がり、頭からはダラダラと血を流している。

致命傷でないのは、彼女が回復魔法の使い手だったからに過ぎない。

それでも、回復する部位を選ばなければならないほど、魔力に余裕がないようだった。

「このままだと、私たちは共倒れになるな」

「俺は、それでも構わん……」

共倒れ。

その予感は、戦う二人の両方が感じていることだった。

互いの力は互角。互いが互いに、一撃で致命傷を負わせることは叶《かな》わなかった。

女の膂力《りょりょく》ではバッシュの急所をえぐりきれず、バッシュの一撃は女に直撃しない。

少しずつ傷がついていき、互いに力を削《そ》がれてはいくが、その関係性は変わるまい。

今はまだ、妖精の粉か回復魔法で治癒できるが、続ければ、互いが回復不能な域まで傷を負うことだろう。

そして、その分水嶺《ぶんすいれい》を、もうすぐ越えようとしている。

「オークの英雄ともあろう者が、こんな僻地《へきち》で、名もなき女と相打ちなど、そんな名誉もへったくれもない死に方はすべきではない」

「……お前とて、戦時中は名高き戦士だったのだろう」

「ああ、でも、今は違う。今の私を倒しても名誉にならないし、私に倒されても不名誉にしかならない」

女はバッシュを見つめる。

素晴らしい戦士だと、認めざるを得ない相手だった。

ただ剣を交えただけで尊敬の念が浮かんでくるような相手は、初めてだった。

そんな女が、叫んだ。

「ルラルラ殿は立派な戦士だった！　だが、お前が死んでまで仇《かたき》を討たねばならん相手か⁉」

「なぜお前がそんなことを気にする」

「お前のような立派な戦士が、こんな所で死ぬべきではないからだ！　私と互角に戦える戦士だぞ！　この大陸に何人いる！　お前は、もっと立派に、私よりもっとふさわしい相手と戦い、誇れるような戦場で死ぬべきだ！」

女はバッと顔を上げ、ある方向を見た。

破壊の届いていない森の陰から、二つの顔が覗《のぞ》いている。

ルドとルカ。妖精に守られた二人は真っ青な顔で、バッシュたちを見ていた。

「聞いているか！　見ているか、子供たち！　お前達がルラルラ殿の死を認めないがために、英雄が死ぬぞ！　お前達の復讐《ふくしゅう》はそれほど大事か⁉　ルラルラ殿の名誉は、オークの英雄が死んでまで護《まも》られなければならないものなのか！」

女は叫ぶ。

「大体、お前達は何か勘違いしているようだが、私はルラルラ殿とは正々堂々と戦ったぞ！　過去の栄華に懸けて誓ってもいい！　お前達が想像しているような、卑怯《ひきょう》な闇討ちなど一切行っていない！　ただ火急ゆえに死体を放置しただけだ！　そこな『オーク英雄』殿がビーストの勇者レトにしたのと同じように！　それを咎《とが》めるか！」

女はなおも叫ぶ。

「それでも仇を討ちたいというならいい。相手になろう！　だが自分たちは敵《かな》わぬからと、他人に戦わせ高みの見物を決め込むとは何事か！　それでルラルラ殿の誇りが守れるのか！　恥を知れ！」

それは、ある種の命乞いだった。

女はこんな所で死にたくなかったし、バッシュをこんな所で死なせたくもなかった。

だから、復讐の主である兄妹《きょうだい》が、戦いを見ているだけという状況に、憤《いきどお》りを覚えたのだ。

そして、その言葉にルカは震えた。

「わ、私は……」

代わりに仇を討ってほしい。

そう言ったルカは、実際の戦いを目《ま》の当たりにして、完全に腰が引けていた。

軽い気持ちで頼んだつもりは無かった。

だがバッシュと仇の戦いは、想像を絶するほどに過酷で、凄《すさ》まじいものだった。

バッシュなら簡単に倒してくれるはず。

そういう気持ちが無かったとは言い切れなかった。

そして、ルラルラとあの女が正々堂々戦ったという言葉も、戦いを見れば信用できるものだった。母は強いから、絶対に卑怯な方法で死んだのだと思いこんでいたが、そうではないと、今では信じられる。

だが、それでも、だからこそ。

血を分けた肉親に、こんな化け物の相手をさせるわけにはいかなかった。

その思いは、戦う前より強かった。だから、もうやめてとは、言えなかった。

自分でもどうしていいのかわからない。

だから、ルカはバッシュに助けてと言ったのだ。

「オレは、もう……いい」

そう言ったのはルドだった。

「オレは、最初から、自分の力で仇を取るつもりだった。力不足だし、オレじゃ絶対に勝てないから、師匠が戦うのもやむを得ないって思ったけど、確かにあんたの言う通り、これじゃ師匠の名誉も、母さんの名誉も、そしてオレたちの名誉も守られない」

ルカの体から、スッと力が抜けていく。

濡《ぬ》れた地面にバチャリと膝をつき、目から涙がこぼれ落ちる。

「オレは、焦《あせ》りすぎてた」

ルドは己の無力を噛《か》みしめる日々を思い出しながら、そう言った。

「師匠、すいませんでした。ここまで戦わせてしまって。何年後になるかわかりませんが、オレ、ちゃんと一から修行しなおして、こいつを倒します。だから、今は……」

「……ルドが、そう言うなら……」

ルカは、絞り出すようにそう言った。

バッシュに助けを頼んだのは、兄を守るためだ。

その兄が、今すぐに倒すという目標を改めてくれるなら、焦る理由も無くなる。

今は絶対に勝てないが、将来はどうなるかわからない。

でも、いずれルドとルカに、もっと自信がつくだろう。

これだけ修行して、力を付けて挑み、それでも負けて死ぬなら仕方ないと思える日が来るだろう。

そしてその時は、きっと迷わないだろう。

そう思いながら。

「……そうか」

そして、二人がそう決心したのなら、バッシュも剣を引かざるを得なかった。

それを見て、女もホッと息を吐いた。

「……ルラルラの息子殿。君はきっと、いい戦士《ウォーリア》になる。いつ死んでもいい身だと思っていたが……なるべく死なないように頑張りつつ、待っているよ」

女は剣を鞘《さや》に納めると、踵《きびす》を返し、自身に回復魔法を掛けながら、ゆっくりと歩き出した。

バッシュはその背中を見て、迷う。

バッシュはもちろん、双子の決定にも異論はない。

ルラルラの仇が討てなかったのは、まぁいい。

バッシュは別に、それほど仇を討ちたいと思っていたわけではない。あの女の言う通り、正々堂々と戦った結果なら、仇を討とうとすること自体が馬鹿馬鹿しい。

だから問題は、これで精霊が満足したかどうかだ。

このような中途半端《ちゅうとはんぱ》な結末で、満足するのか。

「む……」

ふと、バッシュは違和感を覚えた。

先程まであった、叩《たた》きつけるような雨を感じられなかった。

手のひらを上に向けつつ空を見上げると、分厚かった雲に切れ間ができ、光が差し込み始めていた。

サキュバス国の空に、青空が戻りつつあったのだ。

「ふむ……これでよかったか」

雨がやんだということは、水の精霊の怒りも収まったということだろう。

つまりよくわからないが、精霊も満足したのだ。

ならば、バッシュが女に固執する理由も無かった。

プロポーズは先日断られたばかりであるし。

「おい、女」

だがバッシュは、女の背に声を掛けた。

「バッシュ殿、名前のわからない女性に声を掛ける時は、『女』ではなく『ご婦人』か『お嬢さん』と言うのがオススメだぞ」

「む、そうなのか。憶えておこう。感謝する」

「どういたしまして。それで、何の用だい？　君も治療した方がいいと思うが……？」

女は肩をすくめ、飄々《ひょうひょう》とした雰囲気でそう言うが、手は腰の剣に油断なく添えられていた。警戒しているのだろう。

もちろんバッシュに彼女と戦う気は、もう無かった。

ただ一つ、言っておきたいことがあっただけだ。

「俺と引き分けた敵は、サンダーソニア以来だ」

「かのエルフの大魔導に並べてもらえるとは光栄だ。それが？」

「俺はお前と戦い、生き延びたことを誇りに思う」

その言葉に、女は足を止めた。

腰の剣柄《けんつか》を握り、空を仰ぎ、口元を緩め、しかしすぐに渋面となり、口を開いて何かを言いかけ、やめ、再度口を開いてこう言った。

「じゃあ私も、生き延びたことを光栄に思うよ」

女はそう言うと、手をヒラヒラと振りながら、半壊した森の中へと消えていった。

先程より、心なしか軽い足取りで……。

——かくして、ルラルラの子供ルドとルカの仇討《かたきう》ちは未遂に終わったのであった。

13．婚約

女が去り、一晩が経《た》った。

バッシュは重傷だったが、妖精の粉により何事もなく回復した。

夜が過ぎるまで、誰もが無言だった。

ゼルと双子は、先程の凄まじい戦いを反芻《はんすう》していた。

バッシュは先程の戦いについて、いかに動けば勝てたのかを考えていた。

無言どころか、誰もが身じろぎ一つしなかった。

バッシュたちは、夜が明けると同時に動き出した。

歩き出すと興奮がぶり返してきたのか、ルドが口を開き始めた。

バッシュと女の戦いを思い出し、あの時は倒せたと思っただの、あの瞬間はダメかと思っただの、興奮さめやらぬ様子で、言葉が止まらなかった。

その聞き役となったのはゼルで、話し上手な妖精は、上手に相づちをうち、過去の事例を取り上げて盛り上げ、ルドの興奮をさらに強くした。

黙していたのはバッシュとルカだ。

バッシュが喋《しゃべ》らなかったのは、特に理由は無い。

ただ、戦いの中で動く度にゆれていた女の胸を思い出し、口元をにやけさせていたのは間違いない。

対するルカはというと、ずっと難しい顔をしていた。

そうしているうちに、やがて森を抜けた。

開けた場所の先には谷があり、その下には川が流れていた。

谷底までは高さがあったが、それでもゴウゴウと音が聞こえてくるほど川は水かさを増していた。

連日の雨のせいだろう。

「あ、この川は旦那が落ちた川っすね！　これを遡っていけば、元の場所に戻れるっすよ！」

「ああ」

バッシュとゼルは、迷うことなく川の上流へと向かう。

しかし、オーガの二人は足を止めていた。

「師匠、オレたちは、ここで失礼します」

「どうする気だ？」

「一度、故郷に戻ります。オーガの国は下流の方なので……」

「そうか」

「本当は、師匠についていって、ずっと修行したいけど……昨日の戦い見て、オレって、やっぱ、全然師匠に教えてもらえるようなレベルじゃないってわかって……」

ルドはそこまでは笑っていた。

だが、やがて顔をクシャリと歪《ゆが》め、叫んだ。

「悔しかった！　師匠の戦いについていけないどころか、参加する資格すらないんだって……！　仇討ちだなんだって息巻いても、あいつに相手にすらされてなかったんだって……！　全部、わかって！」

ルドは泣き顔のままバッシュを見上げる。

「師匠は、最初からわかっていたんですよね。オレが、技とか学ぶ以前のレベルだって……だから、あんな訓練だったんですよね？」

「……そうだな」

いつもなら、そんなことは無いと断言する所だが、今回ばかりはバッシュもわかっていた。

さすがにルドは弱すぎた。

勝てる、勝てない以前の問題だった。

「オレ、一から修行して、あいつに勝てるようになるまで……いや、せめて国の大人たちに一人前だって認めてもらえるぐらいまでがんばります！」

「そんな流暢《りゅうちょう》なことをしている間に、やつは別の誰かの手に掛かって死ぬかもしれんぞ」

「……師匠と互角に戦えるようなやつが、そう簡単に死ぬとは思えません……それに……その、オレ、母さんはめちゃくちゃ強いの知ってたから、絶対にあいつが闇討ちしたんだって、卑怯《ひきょう》な手を使ったんだって決めつけてたけど、あいつと師匠の戦いを見てたら、そうじゃないってわかったから、もう急ぎません」

「ならば、仇討ち自体をしなくてもいいのではないか？」

「あいつが母さんを殺したのは事実ですし……それに、目標が無いとサボっちゃいます」

ルドはそう言って、吹っ切れた顔で笑った。

そんなルドを押しのけるように、ルカが一歩、前へと出てくる。

「あの、バッシュさん」

「なんだ？」

「今回は、色々とありがとうございました」

ルカは一言そう言うと、頭を下げた。

そして顔を上げると、両手を胸の前でもじもじとさせ、上目遣いでバッシュを見た。

「その……仇討ちとか抜きにして、もう何年か経って、私が大人になったら、お嫁さんにしてくださいますか」

「むぅ……」

その言葉にバッシュは少し考える。

もう何年か経って……つまり今すぐの結婚ではない。

いわゆる婚約であるが、バッシュはその制度をよく知らなかった。

「もちろんだ」

ゆえに、すんなりと頷《うなず》いた。

その何年かの間はフリーなのだから、たとえ一夫一妻を良しとするエルフであっても、結婚に支障はないという判断だ。

「やった！　ありがとうございます！」

嬉《うれ》しそうに笑うルカを見て、バッシュもまた微笑《ほほえ》みを浮かべる。

オーガとヒューマンのハーフなら、きっとバッシュ好みの美人になるだろう。

そんなのが嫁になると思えば、期待に胸が膨らもうというものだ。

今のルカは小さすぎて想像もできないが。

養子とはいえルラルラの娘であれば、オーク英雄たるバッシュの嫁としても申し分ない。

「数年ってことなら、一度オークの国に帰ってもいいんじゃないっすか？　今すぐ子供を産めなくても、国でゆっくり育つのを待っててもバチは当たんないっすよ」

「いや、せっかく情報をもらったのだ。デーモンの国にもゆこう」

バッシュはやや早口でそう言った。

なぜなら、内緒であるが重要なのは、嫁ができることではないからだ。

大事なのはこの旅で童貞を捨てること。ひいては、魔法戦士にならないことである。

ゆえに、ここで旅をやめるなど、とんでもないのである。

「うーん、そういうもんなんすかねぇ……？」

ゼルはイマイチわからないという顔で、首をかしげる。

とはいえ、ゼルはフェアリー、バッシュはオーク、細かい事にはこだわらない主義だ。

「まぁ、旦那なら嫁がたくさんいてもいいっすもんね！　それに、旦那の相手をルカちゃん一人でするってなったら、いくらオーガの血を引いてるって言ったって、すぐ壊れちゃいそうっすもんね！」

「うむ」

その言葉の意味を、まだ幼いルカは知らない。

だが、オーガも一夫一妻の制度を持つ種族ではない。

バッシュが多くの妻を必要とすると聞いても、特に疑問には思わなかった。

「……？　よくわかりませんけど、私も他の方々に恥ずかしくないよう、故郷で頑張って花嫁修業をしてきます！」

「ああ！」

バッシュは、期待に満ちた笑みでうなずいた。

かくして、バッシュに許嫁《いいなずけ》ができた。

この旅が始まって、初の成果だった。

それは、一歩と言うにはやや短く、目的の達成に関係ないものである。

だが、確かにバッシュの理想へと近づく一歩であった。

さりとてバッシュの旅は続く。

真の目的を遂げるべく、デーモンの国へ。

道中で戦った女剣士の胸の揺れを思い出しながら――。

14．エピローグ

バッシュが出立し数日が経過したサキュバスの国は、沈痛な空気に包まれていた。

長く降り続いた雨はやんだ。

しかし、残っていたのは、暴動による瓦礫《がれき》と、泥だらけのサキュバスの誇りと、破壊された聖域であった。

聖域は、サキュバスにとって大事な場所であった。

遥《はる》か昔から、ここを守れと教えられ、それを遵守してきた。

何のために、という部分までは伝承されていなかったが、信仰の対象として見ていたサキュバスも数多く存在した。

それが失われた。

サキュバスは、短絡的な種族である。

それゆえ、数年もすれば綺麗《きれい》さっぱり忘れるかもしれない。

だがそれはそれとして、今はほとんどのサキュバスが、敗戦が決まり、講和を受け入れた日と同じような顔をしていた。

特に、サキュバス女王カーリーケールの落ち込みようは酷《ひど》かった。

長年サキュバスが守り続けたものを、自分の代で失ってしまった。

自分の気の抜けた指示のせいで、長年連れ添った部下まで失ってしまった。

その自責の念でふさぎ込み、小じわが増えてしまっていた。

「はぁ……」

戦争が終わったからと、油断していた。

油断しすぎていた。自分たちは、もうこれ以上落ちることは無いと、心のどこかで思っていた。

違うのだ。わかっていたではないか。

敗北は、敗北を呼ぶ。

負けたからこそ、今が辛《つら》いからこそ、気を引き締めなければならなかったのだ。

なぜ聖域が破壊されていたのか、その詳細はわからない。

討伐隊の帰りが遅いために再度送った斥候からの報告によると、どうやらサキュバスを殺し聖域を荒らした者は、バッシュと戦った形跡があったらしい。

戦いの結末がどうなったのかはわからない。

だが、周囲に転がるのは聖域を守っていたサキュバスの死体だけで、バッシュの死体も、下手人の死体もなかったそうだ。

それを鑑《かんが》みると、バッシュが一方的に敵を蹂躙《じゅうりん》し、犯し尽くした後に逃がしたか、そのまま連れていった、といった所だろう。

本来なら、下手人の首をサキュバスに渡してもらいたい所だが、負けた女を連れ帰るのはオークの習性だ。仕方がない。

むしろカーリーケールとしては、感謝しかなかった。

あの下手人が野放しであれば、きっともっと酷い結末を迎えていたに違いないのだから。

(バッシュ様、別れ際《ぎわ》はあんなことを言ったのに、聖域を襲った下手人を倒してくれるなんて……)

状況だけを見れば、バッシュと下手人がグルであるという見方ができなくもない。

だが、そんな邪推をするほど、カーリーケールの誇りは浅くはない。

仮にそうだとしても、歓迎されたサキュバス国で食われかけたバッシュの報復としては妥当な所だ。許さざるを得ないだろう。

まぁ、それはそれとして、バッシュが去った後のサキュバス国の現状はひどいものだ。

多くの若者が死んでしまった。

暴動で〝食料〟に被害が無く、食《く》い扶持《ぶち》が減ったおかげで食料供給に若干の余裕が生まれたのが、不幸中の幸いか。

それとて、決して手放しで喜べるものではなく、食料事情が困窮している事実には、なんの変化も無かったが。

「女王陛下、使者が謁見を求めております」

そんな時、側近のニオがそんな報告を持ってやってきた。

「使者？　こんな時にどこのどなたぁ？　くだらない用件だったら吸い尽くすわよぉ？」

カーリーケールは苛立《いらだ》ちを吐き出すようにそう言った。

敗北は敗北を呼ぶ。

今のこの状況で、良《い》い用件など、来ようはずもないと、そう思っていた。

「それは怖い。このまま帰ってしまおうか」

そう言って入ってきたのは、一人の若い男だった。

女王カーリーケールは、その男の名を知っている。

「ナザール・ガイニウス・グランドリウス殿下……⁉」

「お初にお目に掛かる。サキュバス女王カーリーケール」

ナザールはそう言うが、カーリーケールは遠目で何度かこの男を見ている。

ヒューマンで最も有名な男。

戦争中、この男を捕らえ、泣き声を聞きながら吸い殺すのを、幾度夢見たことか。

今が戦争中であれば、鴨《かも》が葱《ねぎ》背負《しょ》ってやってきたぞと魅了の魔眼をギラギラ光らせ、お腹《なか》いっぱい吸い尽くし、唾液とかでべとべとになったナザールの骨と皮をヒューマン本国に送り返す所だ。

でも、今は違う。ヒューマンの王子ナザールに手を出せばどうなるか、わからないカーリーケールではない。

だから、せめて虚勢を張ってこう言うのだ。

「いきなり入ってくるなんて、無礼ではなくって？」

「申し訳ない。実を言うと、私はまだ正式な使者というわけでもないもので……」

お忍びでサキュバスの部屋に来るなど、食べてくださいと言っているようなものだ。

とはいえやはりカーリーケール。

見え見えの釣り針に引っかかる女ではない。

「では、一体どういうつもりなの？　お話なら謁見の間で聞くわよ？」

「こういうお話です」

ナザールが指をパチンと鳴らす。

すると、二十名の男たちがぞろぞろと入ってきた。

どうやら彼らは数日ほど旅を続けてきて風呂《ふろ》に入っていないらしく、部屋の中に濃厚な男の香りが充満する。

それを嗅いだ側近のニオが、慌てながらナザールへと問い詰める。

「な！　何を考えているの⁉　サキュバス女王の部屋にぞろぞろと」

「あ、これは失礼。ご婦人に対して無礼が過ぎましたね。ですが――」

「無礼とかではないわ！　飛んで火にいる夏の虫なのよ！　私たちが我慢できているうちに、はやくしまって。あ、ほらもう、涎《よだれ》が……」

ニオもまた誇り高きサキュバスだ。

だが、先日敬愛する姉が死んでからは、悲しみから食欲も失《う》せていた。

ちょうど空腹な所にごちそうを並べられては、ひとたまりもない。

「ああ、そうか。なるほど、これは失礼した。しかしながら用件はそのことでして」

ナザールは、そうしたサキュバスの苦悩などわからない。

ただ、いつもどおりの飄々《ひょうひょう》とした表情で、説明を始める。

「先日、ある人物からサキュバスが今、酷い食糧難に陥っていると聞き、支援物資を用意してやってまいりました」

「ある人物……？」

「ええ、名前はあかせませんが、切実だと。ゆえに、こうして取り急ぎ志願者を募り、馳《は》せ参じたというわけです」

カーリーケールが思い浮かべたのは、一人の男の姿だった。

つい先日、サキュバスの国にきて、食料の状況を視察していった男……。

（バッシュ様、下手人を始末してくれただけでなく……食料まで……!?）

バッシュが国を出てからナザールが志願者を集めてここに来るのには、明らかに時間に無理があるのだが、カーリーケールは気にしない。

バッシュはそのために来ていたと思っているからである。まぁ、バッシュの足ならギリギリ間に合わなくもないが……哀れなのはキャロットである。

「感謝するわね、ヒューマンの王子さま」

「いいえ。元はと言えば、我らヒューマンの中にサキュバスを毛嫌いする者がいたから、このようなことになっているのです。戦争が終わったのだから、手に手を取り合わないといけないのに……」

ナザールはそこでチラと窓の外を見る。

視線の先には、サキュバスの誇る〝食堂〟があった。

「とはいえ、サキュバスは食料の管理ができていない、という噂《うわさ》も聞こえてきておりましてね。急だったとはいえ、志願者をそのような死地に送り込んでよいものか……」

「それは……」

カーリーケールの額に冷や汗が流れる。

「というところで先日、知り合いの密偵にこっそりと視察させたのですが」

「……」

その言葉で思い浮かぶのも、やはり一人の男だ。

その男は食堂を視察していたが、サキュバスから非道な仕打ちを受けてしまった。

もはや合わせる顔もない。バッシュからの報告も、ひどいものだろう。

きっとナザールは、それを詰《なじ》りにきたのだろう。

ごちそうを並べるだけ並べ、「君達は躾《しつけ》がなっていないからご飯は抜きだ」と、そう宣言しにきたのだろう。

ヒューマンは、そういう趣向が好きだから。

なんなら、今いる〝食料〟すら取り上げるつもりかもしれない。

「……」

だとしても、バッシュに対しての仕打ちを考えれば、言い訳の一つも出てこない。

ゆえにカーリーケールは絶望的な表情でナザールを見る。

せめて、今いる〝食料〟だけは勘弁してくれと、ヒューマン流の頭の下げ方でもって、懇願しなければならない。

それは、サキュバスの誇りに傷が付くかもしれないが、不出来な女王の最後の仕事と考えれば、上出来だろう。

そう思いつつ、カーリーケールは椅子から立ち上がろうとし、

「素晴らしい、と一言」

「え」

ナザールからの言葉で、すとんと椅子に座り直した。

「食事は豪勢だし、寝床も暖かで、元死罪人に対するものとは思えない待遇だと。少し太りすぎていることが気になる所ですが、きちんと運動もさせている。最近、ヒューマンの国でも問題になりはじめた病への対処法をよく勉強しておられるようだ」

「え、ええ。当然ですわぁ。大事な食料に死んでもらって困るのはわたくし達ですものぉ？」

「他のサキュバスたちの教育もよく行き届いているようですね。入国時に何人かに襲われ

るかと思い、一応護衛を連れてはきましたが、必要なかった。ここ数日は少し騒がしかったと聞き及んではいますが、私の目から見るサキュバスは十分に理性的だ」

「当たり前よぉ。わたくし達は誇り高いサキュバスですもの。お客人を襲ったりなんかしないわぁ」

カーリーケールはそう言いつつ、首の辺りを流れる冷や汗を拭った。

今は落ち着いているが、暴動の直前であれば、その可能性は十分にあった。

「正直、ここに来るまでは心配でした。私も男性である以上、サキュバスとの戦闘には参加しませんでしたから。サキュバスについては人に伝え聞くのみ……女性版のオークのような存在であると伺っていましてね」

「……そうねぇ。間違ってはいないわねぇ」

「先日、私もオークが想像よりずっと誇り高い種族であると知り、ならばサキュバスも同様だろうと、私自らが足を運ぶことに決めましたが、正解でしたね」

「……」

いつもなら、オークなどと一緒にするな、と怒っただろうか。

だが先日、敬愛するオークの英雄を食おうとしたばかりか、助けてまでいただいた。

そんな口がきけようはずもなかった。

今のサキュバスは、オーク以下の獣だ。

「上が誇り高くても、下がそうとは限らないわ。運がよかったわねお坊ちゃん。途中で捕まったら、吸いつくされちゃってたわよぉ？」

「そのための護衛です。誇りなき〝下〟の者なら、露払いはそう難しくありませんので」

「その護衛の姿が見えないけれど？」

「自分が姿を現すと面倒なことになると、いつもどおり仮面をつけて部屋にこもっておりますよ。無論、私に何かあれば、飛んでくるでしょうね」

「ふぅん」

カーリーケールは何気ない仕草でうなずいた。

ゴタゴタしていたせいか報告が入っていないが、ちゃんと自分の身を守る術を持ってきたようだ。

であれば、とカーリーケールはナザールの後ろに並ぶ男たちを見る。

今の話の流れを、そのまま受け取って良いのであれば、この男たちは……。

「それで、そこにいる子たちが〝支援物資〟ってこと？」

「はい。こちらの二十名が、サキュバスの〝食料〟に志願した者たちとなります」

「つまり、遠慮なく食べちゃってもいい子たちってことぉ？」

「ええ。ですが、彼らは死罪人ではなく志願者です。相応の扱いをお約束いただきたい」

「相応なんて言葉を濁されてもわからないわ。どう特別扱いしてほしいの？」

その言葉に、二十人の内の一人が前に出る。

顔に傷のある、禿頭《とくとう》の男。一目で戦争を生き抜いてきたことがわかる風体だ。

加えていうなら、顔の造形がヒューマン基準でいうところ、かなり良くない。

十段階評価で美醜を表すなら、ぶっちぎりの一だ。ナンバーワンではなくワーストワンだ。中には二ぐらいの男もいるが、そう大して変わらない。

サキュバス的に言えば、よく出してくれそうな良《い》い顔だが。

「自分は、サキュバスを妻に迎えられればと考えております！」

その〝特別扱い〟は叶《かな》えることが出来ない。

カーリーケールは悲しそうな顔で首を振る。

「残念だけど、我が国ではヒューマンのように男女一人ずつで婚姻を結ぶことはできないの。志願していただいて悪いけど、毎日十人は相手をしてもらうことになるわねぇ……あと、知っていると思うけど、サキュバスはヒューマンの子供を作れないわ」

「言葉を間違えました！　かわいいサキュバスとイチャイチャチュッチュできればそれで十分です！」

十人と聞いて、男の鼻息が荒くなった。目も血走っている。

カーリーケールに理由はわからないが、なぜだか興奮しているようだ。

「それって、要するに、普通に食料として食べてほしいってことよねぇ？」

「そう、なるのですか？　食べられたことがないので、わかりませんが」

「失礼じゃなぁい？」

「失礼じゃありません」

「ふぅん」

むしろヒューマンはそういうのが嫌いなのではないか。

そう思うカーリーケールだったが、自分から他種族の食料に志願してくるようなヒューマンなのだから、普通の感覚は持ち合わせていないのだろう。

「自分は！」

次に出てきたのは、陰気そうな男だった。

一言で言うと体臭が非常にキツい。数日ほど風呂に入っていなそうな集団において、群を抜いてください。口もどことなく臭っている。

もちろんサキュバス的に言えば食欲をそそる香りだ。

「その、〝最中〟に嫌な顔をしないでいただければ……あの、できれば演技でもいいので、喜んでいるような顔でいていただければ！」

「食べさせてもらうのに、嫌な顔をするわけないでしょぉ？　みんな喜ぶにきまっているじゃない。あなたを食べてる時は、きっとみんなうっとりしていると思うわよ」

「そう、なのですか？」

「そうよ。でもそう、つまりあなたも、普通に食べてほしいってことなのね？」

カーリーケールは、なぜこの男がそんなことをいい出したのかわからない。

彼女は知らない。

ヒューマンには、戦後に結婚するどころか、職すら失って賊になる者や、そうでなくとも諸国を放浪せざるを得なくなってしまった者が大勢いることを。そしてそうした者の中には、ヒューマンの女性から相手にされない者が多いということを。

その場にいたのは、ヒューマン女性から相手にされないばかりか、他国の女性からもそっぽを向かれてきた者たちばかりだった。

「自分は――」

それから、男たちは次々と自分の欲望を口にしていった。

それは、ヒューマンからすると「うわ、キッツ」といいたくなるようなものばかりであったが、サキュバスからするとどれも「要するに普通に食べてほしいってことなのね」であった。

「つまり、あなたたちは、本気でわたくし達の〝食料〟になってくれるために、ここに来たってわけね？」

「は、はい……」

やがて全員の自己紹介が終わった時、サキュバス女王の声はやけに低くなっていた。

眼光も凄《すさ》まじく強かった。

男にとってサキュバスは天敵だ。

どれだけ強くとも、魅了を使われるだけで、そこらの下級サキュバスにすら抗《あらが》えない。

そんな中でもトップクラスのサキュバスに射すくめられては、男たちは震え上がらざるを得なかった。

正直、彼らは性欲に負けただけだ。

ビースト第三王女の結婚式にかこつけて、自分もビースト女性の一人と結婚できればと頑張ってみたものの見向きもされず、長旅で金もつき、やがて山賊あたりに身をやつすも、すぐに討伐されて死ぬだろうと思っていた所に、ナザールからの勧誘を受けた。

サキュバスが困窮しているなど、どうでもよかった。

死ぬ前に、サキュバス相手でもいいから、良い思いをしたい。

そう思っただけで、のこのことサキュバスの国まできてしまった。

つまりサキュバスをそこらの娼婦《しょうふ》同様に扱おうとした。

そんな邪《よこしま》な思惑を、サキュバス女王には見抜かれた。

そう思い、思わず身を正した。

「……」

あっさりこの場で吸い殺されるのかもしれない。

そう危惧した所で、女王は居住まいを正した。

そして、ヒューマン風に、優雅に頭を下げた。

「ヒューマンのご助力に、感謝いたします。このサキュバス女王カーリーケール、飢えに苦しむ全サキュバスに代わり、お礼を申し上げます」

顔を上げたカーリーケールは、柔らかな笑みをたたえていた。

男たちはポカンとしたが、次第に顔をほころばせ、はにかんで笑った。

戦後、女性に作り物でない笑顔を向けられたことなど、いや、作り物の笑顔ですら、ほとんど向けてもらえなかった者たちだった。

そんな彼らに、カーリーケールの笑顔は眩《まぶ》しすぎた。

エロい格好をした女が、ピシッと座っているのも眩しすぎた。

「この謁見が終わり次第、お部屋にご案内します。ご要望はお近くの者になんなりとお申し付けくださいませ。ニオ。この方々を〝食堂〟にご案内してさしあげて」

「ハッ！」

カーリーケールの言葉で、ニオが男たちを連れて退室する。

男たちは、今でこそ、サキュバスの尻を眺めて鼻の下を伸ばしているが、毎日の〝食事〟が、自分たちが思っているよりずっと重労働であるといずれ知るだろう。

だが、しばらくは幸せな日々を過ごすのは間違いない。

「ナザール殿下。急なことであったにも拘《かか》わらず、二十人もの〝食料〟を集めていただき、真《まこと》に感謝いたします」

「いいや、むしろ少なすぎて申し訳ないと思っていますよ。本国に戻ったら、本格的な支援を議題に出すつもりです。そっちはなかなか難しそうだから、あまり期待しないで欲しいのですが」

「そのお気持ちだけで、感謝の念に堪えません」

「……はは、サキュバスに敬語を使われるというのは、なんだかおかしな気分ですね」

「サキュバスは、真に尊敬する相手に対してのみ、敬語を使います」

「それは光栄だ」

ナザールは柔らかく笑いつつ、ふと思い出したように言った。

「ただ、私よりもっと別に、感謝してほしい方がいましてね」

「それは？」

「名前は言えませんが……誇り高き男だと言っておきましょう」

「ああ」

カーリーケールはナザールが何を言わんとしているか理解し、相好を崩した。

「もちろん。我がサキュバスは彼が望むとあらば、全勢力を以《もっ》て助力するでしょう」

カーリーケールはつい先日まで国にいたグリーンオークを思い出す。

サキュバスのために、あれだけ尽力してくれたオークは、きっと今までに一人も、そしてこれからも一人も出てこないだろう。

オークとは本来、欲にまみれた薄汚い種族なのだから。

しかし、ただ一人、誇り高き戦士《ウォーリア》がいるだけで、種族としての価値は大きく上がるものだ。

「たとえそれが、サキュバスを危機に追いやるものであっても……」

サキュバスの聖域は破壊された。

だが、古きサキュバスの言葉は失われない。歴史は失われない。

誇りが失われぬように。

ならば、自分は聖域を破壊された女王という汚名と共に、類無き英雄に報いた女王という名を刻もう。

「サキュバスは必ず恩を返しますので」

カーリーケールは、妖艶《ようえん》に笑うのだった。

あとがき

皆様ご無沙汰しております。理不尽《りふじん》な孫《まご》の手《て》です。

まずはこの場を借りて、『オーク英雄物語《えいゆうものがたり》』第五巻を手にとってくださった皆様への謝辞を述べさせていただきます。

皆様、本当にありがとうございます。


今回も元気に近況報告の方を書かせていただこうと思います。

え、作品のことを書けって？

いやね、もちろん私としても五巻についてのことをつらつらと書きたいんですよ。

でも、オーク英雄物語って、自分で言うのもなんですけどめっちゃ面白いじゃないですか。こんな所で五巻についての苦労話とかを書いても、それが薄まるばかりなんじゃないかなって思ったりするんですよ。

そんなことない？　そっか、じゃあ少し書きますか。

今回バッシュたちが赴いたのはサキュバスの国。

この国を考えるにあたっての構想は、かなり早い段階からありました。

サキュバスは女だけの世界で、男が少なく、女が男を求める、いわゆる貞操観念逆転世界。バッシュはサキュバス達にとても尊敬されている。バッシュはサキュバスの国に行くと、今までには考えられないぐらいチヤホヤされる。サキュバスは厳格な軍社会で、女王の下に統率が取れているが、喋《しゃべ》り方はサキュバスらしい感じにする……。

こういった個々のネタは、思いついた時は非常に面白く感じるのですが、しかしネタが積み重なれば積み重なるほど、ストーリーを考えるのが難しくなります。

そう、こういった個々のネタは、どれだけ面白くても、ストーリーには一切関係が無いのです。

むしろ、バッシュがサキュバスの国に行ったら、そこで一瞬で童貞を失ってしまうし、物語も終わってしまうわけです。

だからバッシュがサキュバスを抱けない理由を思いつかなければならないし、その理由を押してでもサキュバスの国に行かなければならない理由を思いつかなければならないわけですね。

そうして思いついたのが『水の精霊』であり、ルドとルカの兄妹《きょうだい》というわけです。

それに、四巻から始まったゲディグズ復活大作戦の要素をひとつまみ。

サキュバスの国編の完成というわけです。

少々要素が多くなりすぎてしまい、ルドとルカが浮いてしまったのが反省点ですが、これ以上は思いつかなかったので仕方ないですね。

ともあれ、そうした話を念頭に置いて、この五巻を読み返してみると、私の創作方法がうっすらと透けてみえて面白いかもしれませんね。

さて、というわけで今回もページが余ってしまったので、近況報告を書かせていただこうかなと思います。

前回、色々あってゾンビになってしまい、あらゆる生命体を襲いつつ、悠久の時を過ごしていたのですが、なんと、先日、ゾンビから治ることができました！

いやー、長かったですね。実時間で100万年ぐらい経《た》ったでしょうか。脳が腐っていたのであまり時間が経過したという感じはしませんけどね。体感で一年ぐらいです。

ちなみにその100万年の間に時代がくるくると回っていて、人類は三回ぐらい滅亡してたみたいです。人類がどこかの惑星で発生して滅び、また別の惑星で人類が発生して滅び、そんでまた別の惑星で人類が発生して滅ぶと、そんな感じで。

100万年もあると、別の惑星でまったく同じ進化を遂げる生物もいるってことですね。

与えられた環境と条件が同じなら、結果も同じになるってことなんでしょう。

だから、厳密には私は超古代文明人であり、今の人類とは違うことになります。

とはいえ、皆様もご存じの通り、私は特に賢くもない小説家でございますので、超古代文明人といっても、何ら特別な力はないのです。

しかしながら、私をゾンビからよみがえらせた人たちはですね、私に戦えと、そう仰《おつしや》ってくるのです。

なんでも、彼らはいわゆる『悪の組織』らしくてですね、私のような超古代文明人をよみがえらせて、怪人として使役し、世界征服を企《たくら》んでいるそうなのです。

愚かなことですよ。超古代文明人だからって強いとは限らないのに。

そうはいっても、私も世界征服には一家言あります。なにせ、私は元ゾンビ。人類を滅ぼした存在の一人だったわけですから。なんなら、スペースゾンビとして、他の人類も一度滅ぼしてますし。

だから、いっちょ頑張ってやろうかなと思うのですが、なんか、今から怪人内で序列を決めるために、トーナメントを行うらしいです。

勘弁して欲しいですが、これも組織に入ってしまったがゆえの宿命なのでしょう。

いっちょ頑張ってこようと思います。

と、長くなりましたが……。

今回も素敵なイラストを描いてくださった朝凪《あさなぎ》さん、『無職転生《むしょくてんせい》』の仕事のせいで注力できず、多大なご迷惑をお掛けしております編集Kさん、その他、この本に関わってくださった全ての方々。また、なろうの方で更新を待っていてくださる読者様方。

今回も本当にありがとうございました。

私がこの地獄のトーナメントを生き残れたら、また六巻でお会いしましょう。

理不尽な孫の手

富士見ファンタジア文庫

オーク英雄物語《えいゆうものがたり》5
忖度列伝《そんたくれつでん》

令和5年9月20日　初版発行

著者——理不尽《りふじん》な孫《まご》の手《て》

発行者——山下直久
発　行——株式会社KADOKAWA
〒102-8177
東京都千代田区富士見2-13-3
0570-002-301（ナビダイヤル）
印刷所——株式会社暁印刷
製本所——本間製本株式会社

ISBN978-4-04-075013-2 C0193 ◇◇◇

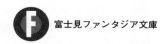